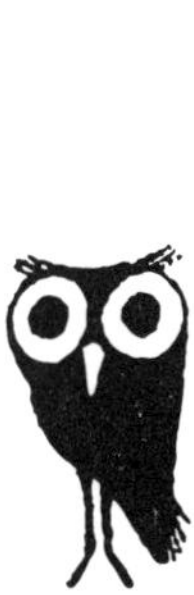

Peter Thomas

Frau Wirtin hatte einen Knecht

Wie unsere Großeltern ferkelten

EULENSPIEGEL VERLAG

Mit Zeichnungen von Peter Fendi (1796–1824)

ISBN 978-3-359-02215-2

Für die freundliche Genehmigung zum Abdruck des Gedichtes
von Günter Grass danken wir dem Steidl Verlag,

Umschlaggestaltung: Buchgut, Berlin
Umschlagmotiv: picture alliance
Druck und Bindung: CPI Moravia Books GmbH

Ein Verlagsverzeichnis schicken wir Ihnen gern:
Eulenspiegel · Das Neue Berlin Verlagsgesellschaft mbH & Co. KG
Neue Grünstraße 18, 10179 Berlin
Tel. 01805/30 99 99
(0,14 Euro/Min. aus dem deutschen Festnetz,
abweichende Preise für Mobilfunkteilnehmer)

Die Bücher des Eulenspiegel Verlags
erscheinen in der Eulenspiegel Verlagsgruppe.

www.eulenspiegel-verlag.de

Mit fünfzehn trieben unsere Alten,
was sie bei uns für frühreif halten.

Jugendspruch, 2008

Inhalt

Vorfreuden

Wir Sprachlosen

Folklore unter der Gürtellinie. Gesänge auf den Lustgewinn beiderlei Geschlechts. Merksprüche für den pubertierenden Nachwuchs. Zugegeben, diese Textsammlung ist kein Ratgeber für Anstand und gute Sitten. Frau Wirtin geistert durch schwüle Männerfantasien. Ramses der Ägypterkönig und seine Tochter Isis laden die ganze Welt ein in ihren Tempelpuff. Ausgetrocknete Seemänner legen in den Kojen Hand an sich selbst. Halbvergessene stille Genießer ebenso wie Sexprotze von einst feiern fröhliche Auferstehung.

Aufgeschrieben ist hier Sexpoesie unserer Großelterngeneration. Bonifazius Kiesewetter, das große Ferkel aus dem Kneipenmilieu des frühen zwanzigsten Jahrhunderts, saut fröhlich im gräflichen Salon. Pater Gabriel lässt während der Beichte seine Hand andächtig im Schoß von Anna Dunzinger verweilen. Und der Sanitätsgefreite Neumann heilt, den Preußischen Präsentiermarsch auf den Lippen, mit Schwefelpuder und Tripperspritzen sündige Soldatenpenisse.

Dies ist ein Buch, das mit der Lüsternheit spielt. Das geht nicht ab ohne einschlägiges Vokabular. Wir können den Verblichenen Wortkargheit nicht vorwerfen, wenn es ihnen um die heftigste aller Lüste ging.

Allerdings: In aller Öffentlichkeit wagte damals kaum jemand davon Gebrauch zu machen. Schlimme Wörter, böse Wörter galten vor hundert Jahren als nicht salonfähig und wurden als vulgär und obszön benotet. Lateinisches Vokabular, verordnet von einer verklemmten und verheuchelten Pseudomoral, musste der bürgerlichen Gesellschaft über diese Sprachlosigkeit hinweg helfen. Überall walteten verbale Lateinderivate, und kein Saubermann der deutschen Sprache fragte sich, ob das bei den alten Römern nicht vielleicht auch schmutziges Sprachgut gewesen sei. Und ob die römischen Teenies, wenn ihnen solches Wortgeschleuder aus den Tavernen entgegen grölte, nicht ebenfalls mit Schamröte im Gesicht zu kämpfen hatten.

Schlüpfrig, glitschig, frivol, fies, Schundvokabular, Gossensprache – so wetterten einst die Sittenrichter, Philologen und Pädagogen, die sich für die gottberufenen Bewahrer klassischer Reinheit der deutschen Sprache hielten, ohne nachzusehen, was der Volksmund und die Poesie schon zu Zeiten des Minnesangs auf dem Liebesacker hatten sprießen lassen. Die Beschreibung sexuellen Lustlebens blieb eine Tabuzone für die vermeintlich feinere Gesellschaft, die mit ihrem Moralgelaber der jungen Generation den Mund verschloss, mit katastrophalen Folgen für den Sprachgebrauch bis heute.

Zum Beispiel: Penisse. Was für ein gestelztes Wort! Sind wir in einer Anatomievorlesung? Und wie nennen wir das, was der Schöpfer den Frauen seit Eva zwischen den Schenkeln postiert? Vagina? Vulva?

Das Volk, das man auch gern das gemeine nennt, sprach – soviel ist sicher – im Schlafzimmer schon immer Deutsch. Vom Vögeln, vom Schwanz, von der Möse, von den Titten. Und sang davon laut in der Kneipe, wenn der Alkoholpegel stieg. Von Sack und Fotze und Ficken. Aber das durfte keiner aufschreiben, nicht einmal der Dichter.

Aufklärung – das Wort entfaltete für den Bildungsbürger einen merkwürdigen Doppelsinn. Johann Gottfried Herder, der Aufklärer im Geistigen, dem wir die wunderbare Sammlung »Stimmen der Völker in Liedern« verdanken, hatte fleißig Liebeslyrik zusammengetragen, doch unterhalb der Gürtellinie keine Regung. Goethe, der sich gern in gebundener Sprache ausdrückte, wagte zwar in seiner faustischen Walpurgisnacht auf dem Brocken wildeste orgiastische Lust. Doch von den Literaturlehrern wurden solche Ausschweifungen im Deutschunterricht schnell übergangen, und das Vokabular wird von Verlegern bis heute nicht vollständig ausgedruckt. Dass der gepriesene Olympier in Weimar noch manches Gesellschaftsunverträgliche in der Schublade hatte – von den Verwaltern seines Erbes unterschlagen –, blieb ein Geheimnis der Germanisten.

Wie unsere Großeltern ferkelten, das ist weitgehend nur mündlich überliefert. Hier ist ein Gutteil von dem, was noch greifbar ist, gesammelt. Geordnet nach Milieus, befreit von allzu großen Holprigkeiten, ohne Medizinerlatein oder irgendwelche Sprachverkrümmungen auf Deutsch, sondern originalgerecht, als lebendiger Ausdruck für das kichernde Lesevolk von heute, das gern wissen will, woran sich die Generationen vor dem Zeitalter der Pornoshops und des Internet-Sex vergnügten.

Folklore unterhalb der Gürtellinie – das ist Kunde aus dem prallen Menschenleben, aus einem Paradies, wofür noch keiner Generation die Worte fehlten. Wir behaupten: Es gibt in der deutschen Sprache gar keine schmutzigen Worte, nur solche, die von Sittenwächtern als solche diskreditiert wurden. Und krampfhaft ersetzt wurden durch kaltes, totes Latein, das der Jugend die Neugier töten und bei den Erwachsenen den Sexualtrieb in Zaum halten sollte – eine verbale Peitsche zur Züchtigung körperlicher Begierde.

So ist denn dieses Buch nichts für Zimperliche und Bildungsdünkler. Wie die Leute, die gern arrogant von einer Hochsprache reden und pikiert anmerken, was sie angeblich nicht gern in die Mund nehmen. Das Wort »ficken« bewertet der Duden noch im Jahr 2008 als »derb für koitieren«. Aber welches Paar – im Hochgefühl auf der Matratze oder auf der Parkbank – würde vom Koitieren reden? Das wäre seelische Grausamkeit am Partner. Nicht einmal der gestandene Mediziner nimmt solches Sprachgut mit ins Ehebett. Die Etymologen, also die Wortforscher, wissen immerhin, das dieses vermeintliche Unwort schon vor tausend Jahren in Gebrauch war, damals in der Bedeutung von reiben, jucken und kratzen, seit dem 16. Jahrhundert auch für den Beischlaf. Erhalten ist die alte Bedeutung in »fickrig«, einem Wort, das nichts Obszönes enthält, sondern schlicht das Verhalten eines unruhigen Menschen beschreibt.

Und Möse? Auch das sei derb, lehrt der Duden, aber es darf angenommen werden, dass es im Alltagsgebrauch weit häufiger vorkommt als Vagina oder Vulva. Die Lehrer in der Schule mögen sich mit Nüchternheiten wie Scheide oder Scham behelfen, im Badezimmer, wenn die Mutter das Töchterchen abseift, heißt es zärtlicher Muschi und es blühen Metaphern wie Rosettchen, Mäuschen und Pumpelmeise. In der Folklore dominiert Möse.

Nicht einmal das Wort Fotze verbietet sich von vornherein, obwohl es in seinem spätmittelhochdeutschen Ursprung »das Stinkende« bedeutet. Was aber niemanden hindert, arglos den Begriff »hundsföttisch« zu benutzen für einen feigen, schuftigen Kerl – abgeleitet von Hundsfott, also ebenjenem Körperteil der Hündin. Und die Schweizer denken sich nichts Schlechtes dabei, wenn sie von einem Fötzel reden – ein anderes Wort für einen Taugenichts oder Lump. Dem Nobelpreisträger Günter Grass verdanken wir immerhin, dass ein deutsches Wort wie hinterfotzig heute literaturfähig ist.

Die größeren Sprachschwierigkeiten zeigen sich indessen bei den Männern. Glied? Also ein Körperteil. Aber welches? Das Geschlechtsteil? Ein Geschlechtsteil haben die Frauen auch. Die Sprachnot ist groß: Nudel wäre missverständlich, Ballermann ist frauenfeindlich, Piephahn geht nur im Kindergarten, der Gottseibeiuns – das mag für Nonnenklöster gebrauchsfähig sein. Welches Wortmaterial im Beichtstuhl Verwendung findet, ist ohnehin unerforscht. Die Wörterbücher bieten wiederum Lateinisches an wie Phallus und Penis. Das schlichte Volk hat sich geeinigt auf die Bezeichnung Schwanz, eine sprachliche Leihgabe aus dem Tierreich. Naturwissenschaftlich gesehen ist das ein Unsinn. Das, was wir Männer als Freudenspender bei uns tragen, wedelt keine Fliegen weg und sendet keine Angriffssignale aus, allenfalls Sympathiebekundungen. Was in unserem hochentwickelten Körper an Schwanzmaterial noch übrig ist, ziert nicht unseren Schritt, sondern versteckt sich oberhalb dessen, was der Volksmund Arschritze nennt, und heißt Steiß. Aber solange uns kein besseres Wort einfällt, müssen wir Männer wohl die Bezeichnung Schwanzträger, welche die Frauenbewegung für uns erfand, weiterhin erdulden.

Die Alten, als sie noch jung waren, hatten es mit ihrem Bedürfnis nach Verständigung über ihren erwachenden Geschlechtstrieb nicht leicht. Manche glaubten wohl ernsthaft den Warnungen, welche zu dieser Zeit von selbsternannten Sexualerforschern in die Welt gesetzt wurden. Ein Richard von Krafft-Ebeling ordnete »extrem starken Sexualtrieb« den Neurosen zu, bei Frauen der Nymphomanie. Selbst der hochangesehene Magnus Hirschfeld, der in keinem besseren Bücherschrank fehlte, warnte vor »Hypoerotizismus«. Masturbation, so wurde den pubertierenden Jugendlichen gelehrt, führe zu Gehirnerweichung. Schon das Wort Selbstbefriedigung war den Moralaposteln ein Gräuel, und in der Schule setzte es Ohrfeigen, wenn einer das gleichschenklige Viereck mit dem Senkrechtstrich in die Stuhllehne des Lehrers ritzte. Bis in die Nachkriegszeit hielt man Jungen und Mädchen in getrennten Klassen. Die Mädchen, meist unaufgeklärt, dachten, sie müssten sterben, wenn sie zum ersten Mal einen Blutstropfen zwischen den Schenkeln entdeckten.

Dennoch war verbotenes Vokabular allgegenwärtig, wenn es um die zu erwartenden Wonnen des Geschlechtslebens ging. Kein Rohrstockpauker, kein Pfaffe und kein borniertes Elternpaar konnte das ausrotten – die Kinder aus der Unterschicht sorgten allemal für schleichende Aufklärung. Pubertierende aus den vermeintlich besseren Familien liehen den erotischen Frechheiten gern Auge und Ohr, um ihrer Fantasie Nahrung zu verschaffen, nicht nur bei Toilettensprüchen. Und Antworten fanden sie oft sogar in Papas Bücherregal: unlizenziert Gedrucktes, versteckt hinter vierundzwanzig Bänden Goethe oder im Nachtschränkchen ganz unten. Denn die Lust am erotisch Vulgären kannte noch nie Klassenschranken. Nur dass das in bürgerlichen Kreisen, wo die Flüche mittelalterlicher Bußprediger noch nachhallten, nachts im Dunklen unter der Bettdecke versteckt gehalten wurde.

Wie alle Heuchelei, so zeugte auch diese Doppelmoral widerständige Kreativität. Formulierungsbegabter Nachwuchs bemächtigte sich der vermeintlich ordinären Folklore, um dem Zotigen gesellschaftliche

Ironie zu verleihen. Sigmund Freud, der große Psychoanalytiker jener Zeit, verwies auf den Lustgewinn, den der erotische Witz dem Erzähler wie dem Zuhörer spendet. Dem Dichter Bertolt Brecht, Spross einer Augsburger Unternehmerfamilie, Sanitätssoldat im Ersten Weltkrieg und nachmals junger Sinnsucher im Literaturbetrieb der Weimarer Zeit, verdanken wir das Bekenntnis: »Jeder deutsche Dichter wird Wirtinnen-Verse machen. Ich habe das Meine getan.«

Der zotige Witz gedieh vor allem in Milieus, zu denen im Zeitalter der Geschlechtertrennung die Weiblichkeit wenig oder gar keinen Zutritt hatte: in Hörsälen, Kasernen und Kneipen. Akademischer Nachwuchs lieh sich beim Kommers und auf dem Paukboden von den Kneipengängern gern groben Wortschatz und feilte daraus Reime. Im Schützengraben des Ersten Weltkriegs und in den Nachkriegsbordellen traf man sich ferkelnd wieder. So häufte sich im Lustgarten der Liebeslyrik im frühen zwanzigsten Jahrhundert ein erstaunlicher Schatz von Folklore an, die zwar Sammler fand, aber kaum Verleger, die das zu drucken wagten, jedenfalls nicht für den sittlich gereinigten Büchertisch.

Es darf vermutetet werden: Je strenger die Regeln des bürgerlichen Familienlebens, je geringer die Chancen für Pennäler und Studiker, oral und vaginal ihre Lüste ausleben zu können, desto stärker der Drang, sich mental im Ordinären zu suhlen. Ob auf der Studentenbude oder in der Herrentoilette – überall entfaltete der sexuelle Witz seine befreiende Wirkung aus den erotischen Verklemmtheiten. Zumal mit Reimen, die zu Fortsetzungen einluden und auch als erotische Ersatzerlebnisse herhalten konnten. Es sei ein Vergleich mit der Naturlyrik gewagt: Je grauer einst der Winter, desto lieblicher die Frühlingslieder, die in karger Zeit entstanden. Und wem Erfüllung beschieden war, ob mit dem Dienstmädchen in der Besenkammer oder mit dem Strichmädchen im Puff, der tat seine Erfahrungswerte hinzu.

Dem Humus von Kneipen, Klerus und Kasernen entsprangen Salonironie, Akademikerfrust, Bierseliges, ländlich Unsittliches. Nicht allen Erzählern ist es gegeben, den lüsternen Gegenstand so artifiziell zu behandeln wie Goethe oder Brecht – schon gar nicht, was das Versmaß betrifft. Mit den Reimen und Rhythmen hapert es des Öfteren. Der Umgang mit den Zeiten erfolgt weitgehend unbeschwert von deutscher Aufsatzkultur. Die Autoren waren keine Meisterschüler des Tübinger Germanistenseminars. Es tummelt sich da vor allem eine zweite Kategorie von Literaten: Gelegenheitspoeten, die schnell mal ein Vereinsjubiläum oder eine Karnevalsgesellschaft mit ihrer Reimkunst beglückt haben, Verfasser von plebejischen Ferkeleien, deren Namen längst vergessen sind. Sie hätten gute Tantiemen machen können, wenn die bürgerliche Gesellschaft ihnen ihre Schöpfungen als geistiges Eigentum anerkannt hätte. Dazu kommt noch eine dritte Kategorie: Textsammler, die keine Peinlichkeit aussortieren von dem Gehörten, die uns rührend Regionales, bäuerliche Plattheiten und manch familiären Unflat hinterlassen haben – in der ganzen naiven unfreiwilligen Komik, die diesen Geschichten anhaftet. An Klarheit übertreffen sie jedoch manches gut gemeinte erotische Dichterwort.

Hier sind Fundstücke aneinandergereiht, die der schamlos röchelnden sexuellen Marktwirtschaft des neuen Jahrhunderts eine eigentümliche Art von Unverbrauchtheit entgegenzusetzen haben und sich durchaus mit Lustgewinn lesen lassen – dampfende Volksseele aus einer Zeit ohne Oswald Kolle und Beate Uhse, ohne Pille und ohne Pornoshop. Hier wird dem Volk aufs schmutzige Maul geschaut. Das ist keine große Lyrik, sondern das sind Merkreime und Merksätze, gemacht für den Stammtisch und das Gartenfest. Verfasser unbekannt.

Freilich ist die Perspektive fast ausnahmslos männlich. Es ist die Vulgärpoetik einer Männergesellschaft. Von einer sich emanzipierenden Frauengesellschaft konnte noch keine Rede sein, von feministischer Sexfolklore natürlich auch nicht. Manche Wurzeln reichen tiefer zurück, bis ins sündige Mittelalter. Einige Texte zeigen bis heute ihre Überlebensqualitäten. »Der Pyramidenbau des Ramses« lässt sich auch lesen als Parodie auf die Globalisierung des Sexgeschäfts.

Hier schnell noch ein Ratschlag an den unvorbereiteten Leser: Wen das Vokabular sprachlos macht, der möge sich vorher einen kleinen Aufbaukurs angedeihen lassen, zum Beispiel unter Zuhilfenahme deutscher Landkarten. Die Auswahl peinlicher Ortsnamen zwischen Nordsee und Alpen reicht von Fickmühlen über Möslberg und Sexau bis Wichsenstein. Was mögen sich die Gründer, die dort ihren ersten Nachwuchs zeugten, dabei gedacht haben? Anzüglicher noch erweisen sich die Telefonbücher. Allein in Berlin müssen fast zwei Dutzend Telefonbenutzer spottträchtige Familiennamen wie Herr Fickinger oder Herr Fickermann ertragen, von den vielen Herren Sack und mancher Frau Möse gar nicht zu reden. Von Sachsen bis Schwaben verzeichnen die Einwohnermeldeämter Familiennamen wie Eichel, Kitzler, Klaffschenkel, Nimmich, Sacknus und Untenzu. Was daran unanständig sein könnte, weiß nur der liebe Gott.

Friedrich Nietzsche hatte wohl unrecht, als er beklagte: »Das Christentum gab dem Eros Gift zu trinken, er starb daran nicht, aber er entartete zum Laster.« Die schweinischsten Witze, so sagt der Volksmund, erzeugen das gesündeste Lachen. Und Laster bieten Triebabfuhr. Wer kein Lotterbett zur Verfügung hat, braucht die Psychocouch. Dieses Buch sei zum Gebrauch für beide Liebes- und Lebenslagen empfohlen.

Wer schrieb das?

I.
Der Zotenreißer als Sadist

Die Triebfeder der Produktion harmloser Witze ist nicht selten der ehrgeizige Drang, seinen Geist zu zeigen, sich darzustellen, ein der Exhibition auf sexuellem Gebiet gleichzusetzender Trieb. Das Vorhandensein zahlreicher gehemmter Triebe, deren Unterdrückung einen gewissen Grad an Labilität bewahrt hat, wird für die Produktion des tendenziösen Witzes die günstigste Disposition ergeben. So können insbesondere einzelne Komponenten der sexuellen Konstitution eines Menschen als Motive der Witzbildung auftreten. Eine ganze Reihe von obszönen Witzen lässt den Schluss auf eine versteckte Exhibitionsneigung ihrer Urheber zu; die tendenziösen Witze der Aggression gelingen denen am besten, in deren Sexualität eine mächtige sadistische Komponente, im Leben mehr oder weniger gehemmt, nachweisbar ist.

II.
Ein Wunder

Soeben noch schlaff und abgenutzt
Nach so vielen Jahren Gebrauch
Steht er
– was Wunder!
er steht –,
will von dir, mir und dir bestaunt sein
verlästert und nützlich zugleich.

III.
Das rechte Maß

Die Woche zwier
der Weiber Gebühr,
schadet weder mir noch dir.
Macht's Jahr hundertvier.

IV.
Die rechte Zeit

Seid reinlich bei Tage
und säuisch bei Nacht,
so habt ihr's im Leben
am weitesten gebracht.

Auflösungen:

I. Sigmund Freud
II. Günter Grass
III. Martin Luther
IV. Johann Wolfgang von Goethe

Die großen Balladen

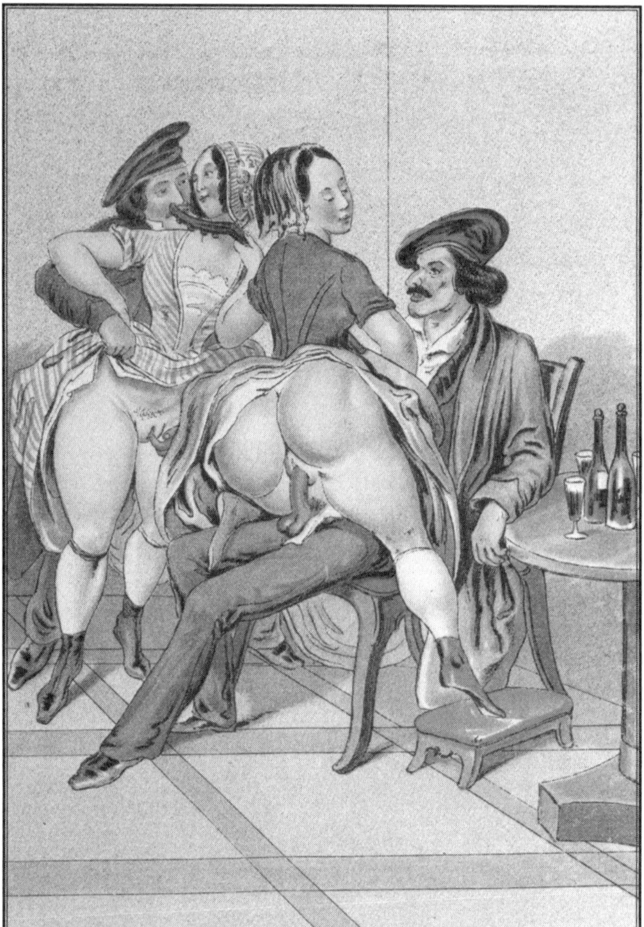

Frau Wirtin

Frau Wirtin, die ein Gasthaus an der Lahn betreibt, hat viel Freude mit ihrer Kundschaft. Denn es sind Fernfahrer. Nein, nicht solche, die sich an der Tankstelle mit Sexmagazinen und Porno-CDs für die lange Nacht auf dem Parkplatz versorgen. Sondern Fuhrleute von altem Schrot und Korn auf dem Bock, wo man die Peitsche schwang, statt auf das Gaspedal zu treten. Nicht Feinstaub oder Benzingeruch kitzelt ihre Nase, das tut der Pferdefurz. Den ganzen Tag unterwegs mit ein oder zwei PS – da heißt es ausspannen, wenn's dunkel wird. Im Wirtshaus an der Lahn wartet eine freizügige Gastgeberin mit ihren Töchtern und ihrem Personal.

Es steht ein Wirtshaus an der Lahn

Prolog:

Es steht ein Wirtshaus an der Lahn,
da halten alle Fuhrleut an.
Frau Wirtin schlägt die Leier,
die Gäste sitzen um den Tisch
und kratzen sich die Eier.

Am Wirtshaus steht: »Akademie«,
gelehrt wird dort Fickologie;
mit Eifer pauken sie die Regeln,
wer sie beherrscht, erhält sodann
das Staatsdiplom im Vögeln.

Des Hauses Glanz und Attraktion
das ist, na ja, man weiß es schon,
Frau Wirtin selbst, die Feine;
keck ist ihr Witz, und straff der Zitz,
und gern spreizt sie die Beine.

Es kam noch nie aus diesem Haus
ein Mann mit schlappem Schwanz heraus;
doch muss man drein sich schicken
und lange warten mit Geduld,
denn dort will jeder ficken.

Sie vögelt wirklich, was sie kann,
doch es passiert schon dann und wann,
dass es zuviel der Gäste;
dann unterstützt das Personal
Frau Wirtin auf das Beste.

Personal und Verwandtschaft:

Frau Wirtin hält sich eine Magd,
die hat, dem Herrgott sei's geklagt,
zwei ungeheure Zitzen;
und bricht im Dorfe Feuer aus,
dann geht sie damit spritzen.

Frau Wirtin hat auch eine Schwester,
die trinkt des Abends alle Rester;
und kaum ist sie besoffen,
da steht ihr ganzes Heiligtum
für zwanzig Pfennig offen.

Frau Wirtins Tochter Röschen hieß
und sich von jedem vögeln ließ;
Offiziere und Studenten,
die zahlten jährlich fünfzehn Mark
und wurden Abonnenten.

Frau Wirtins zweites Töchterlein,
bis dahin keusch und engelsrein,
ließ gern sich auch mal nackig malen;
der Künstler fickt die Rechnung ab,
drum braucht er nichts zu zahlen.

Frau Wirtins drittes Töchterlein,
die lässt schon lange jeden rein;
sie kann's im Stehn und Liegen,
und wird sie mal ein Engelein,
dann macht sie's auch im Fliegen.

Frau Wirtins Sohn mit Namen Franz,
den ziert ein kleiner Ringelschwanz,
ein Ding wie eine Brezel;
doch wie er damit ficken kann,
das ist und bleibt ein Rätsel.

Frau Wirtins zweitgeborner Sohn,
dem steht er früh um viere schon.
Was tun mit diesem Ständer?
Er rutscht die Treppe auf und ab
und rattert am Geländer.

Frau Wirtins drittgeborner Sohn,
der wusste mit zehn Jahren schon,
dass Billardspiel und Kegeln
noch lange nicht so reizvoll sind,
wie sonntags einmal vögeln.

Frau Wirtin hatte eine Tante,
die jeden Schwanz im Dorfe kannte;
sie roch nur an dem Samen,
besann sich einen Augenblick
und nannte dann den Namen.

Frau Wirtins süße kleine Nichte,
die macht sich's immer mit dem Lichte;
und kommt sie in Ekstase,
schiebt sie den ganzen Leuchter rein
und dann die Blumenvase.

Frau Wirtin hat auch einen Vetter,
der vögelt gern bei Regenwetter;
doch einmal tat er's bei Gewitter,
da haute ihm ein Kugelblitz
den Pfeifenkopf in Splitter.

Interieur:

Frau Wirtin hütet einen Schrank,
drei Meter hoch, fünf Meter lang;
drin lagert sie die Rüben,
mit denen sie zur Jugendzeit
die Onanie betrieben.

Frau Wirtin hat noch einen Schrein,
dort lagert sie Trophäen ein;
dabei ein Schwanz aus purem Golde,
den sie beim Vögelweltturnier
als ersten Preis sich holte.

Frau Wirtin hat auch einen Spind
wo Fotos angeheftet sind,
vom Fick mit allen Rassen;
für Kenner ist in dem Salon
das Wichsen zugelassen.

Frau Wirtin fährt auf einem Rad,
das ist von ganz besondrer Art;
schwingt sie sich in den Sattel,
dann fährt dort ein Ventilschaft aus
und rubbelt ihr die Dattel.

Frau Wirtin nutzt Oszillographen,
die nimmt sie mit ins Bett zum Schlafen;
dort klemmt sie an die Elektroden
zur Aufzeichnung der Stoßfrequenz
an jedes Mannes Hoden.

Frau Wirtin hatte auch ein Huhn,
das hatte allerhand zu tun;
es saß im Bett und pickte
dem Gaste schnell die Filzläus ab,
wenn er die Wirtin fickte.

Frau Wirtin hat jetzt einen Hund,
der leckt ihr gern das Pförtchen wund;
das kann sie nicht vertragen,
drum ließ sie sich den Mösenrand
mit feinem Blech beschlagen.

Frau Wirtin pflegte einen Star,
das war ein Vöglein wunderbar;
der flog mit viel Getöse
von hinten ihr ins Po-Loch rein
und pfiff die Polonaise.

Frau Wirtin hatte noch ein' Star,
der unerhört gelehrig war;
er trug den Namen Suse,
und wenn sie einen Gast empfing,
dann lärmte er: ›Fick du se!‹

Kundschaft:

Frau Wirtin hatte einen Knecht,
der besorgt's ihr ziemlich schlecht;
sie musste ihn massieren,
und morgens, wenn er früh aufstand,
konnt' er kein Glied mehr rühren.

Frau Wirtin nahm noch einen Knecht,
dem stand er immer waagerecht;
drum kam ihm der Gedanke:
Wenn sie sich nicht mehr pimpern lässt,
geh ich zur Bahn als Schranke.

Frau Wirtin hatte einen Schmied,
dem schenkte Gott ein Vierkantglied;
doch Liebe macht erfinderisch,
er spannt' es in den Schraubstock ein
und feilte es zylinderisch.

Frau Wirtin nahm noch einen Schmied,
den plagte ein verbognes Glied,
das richtete sie grade;
doch als es endlich grade war,
da brach es ab, wie schade.

Frau Wirtins treuer Handwerksmann,
der gibt mit seinem Hammer an,
und dieser ist aus Eisen,
er legt ihn auf die Schienen
und lässt den Zug entgleisen.

Frau Wirtin hat auch einen Popen,
der hat den Sack voll Isotopen;
und wenn die beiden ficken,
dann hört man, wie im ganzen Land,
die Geigerzähler ticken.

Frau Wirtin nahm sich einen Luden,
der sollte sich ein bisschen sputen;
er schwur bei allen Teufeln,
dass er im Laufschritt vögeln könnt',
doch das ist zu bezweifeln.

Frau Wirtins neuer Maschinist,
der wurde früh schon Onanist,
dass er das Auf und Nieder
des Kolbens der Maschine sah;
das fuhr ihm in die Glieder.

Frau Wirtin hat einen Mongolen,
dem reicht der Sack bis an die Sohlen;
er geht im Garten auf und ab,
visiert dabei die Beete an
und schlägt damit die Erdbeern ab.

Frau Wirtin hat auch einen Mohr,
dem steht er wie ein Bambusrohr;
damit holt er allnächtlich
der Nachbarin das Obst vom Baum.
Sie findet das verächtlich.

Frau Wirtin hat auch einen Inder,
der vögelt sie nicht minder;
doch selbst im höchsten Lustgekeuche,
behält er seinen Turban auf,
so streng sind dort die Bräuche.

Frau Wirtin hat einen Gendarm,
mit einem Schwanz, dick wie ein Arm;
im Dienst nutzt dieser Rüpel
die Schlagkraft seines Monstrums aus,
braucht keinen Gummiknüppel.

Frau Wirtin kennt einen Major,
der trägt am Schwanze Trauerflor;
er kann es nicht vergessen,
dass ihm die böse Syphilis
die Eichel abgefressen.

Frau Wirtin liebte einen Leutnant,
der schmückte, wenn der Schwanz ihm stand,
mit Troddeln ihn und Litzen;
so sah man diesen Lüstling auch
durch die Kaserne flitzen.

Frau Wirtin trieb's mit einem Spieß,
den plagte längst die Syphilis;
als er sie letztmals stemmte,
da fielen ihm die Eier ab,
was den Geschlechtstrieb hemmte.

Frau Wirtin hat einen Galan,
mit einem riesengroßen Hahn;
er kann ihn selbst nicht tragen;
drum fährt er, wo er geht und steht,
das Ding auf einem Wagen.

Frau Wirtins kleiner Famulus,
der streift nach jedem Koitus
herunter den Pariser;
und nimmt ihn dann als Kaugummi,
das ist wohl ein Genießer.

Frau Wirtins geiler Virtuos,
der legt gleich mit dem Bogen los;
schon bei den Achtelnoten
streicht er die Seiten mit dem Schwanz,
und schwenkt im Takt die Hoden.

Frau Wirtin hat ein' Pharmazeuten,
der kann mit seinen Eiern läuten;
und ist der Kerl beim Bocken,
läuft alles zu der Kirche hin,
es klingt wie Osterglocken.

Frau Wirtin hält sich einen Pimpf,
der weckt sie meistens vor halb fünf;
im ersten Morgendämmern,
fängt er schon an mit seinem Glied
an ihre Tür zu hämmern.

Frau Wirtin hatte einen Jockey,
der fickte nur mit einem Ei;
das andre ging ihm flöten,
bei einer Massenvögelei
ward es ihm abgetreten.

Frau Wirtin litt mit einem Pastor,
der war ein ganz verklemmter Tor.
Er onanierte schauerlich
und sang dabei ein Kirchenlied;
ist so was nicht bedauerlich?

Frau Wirtins alter Burschenschafter,
den plagte ein Geschwür am After,
das täglich er bepinselte
mit schwarz-rot-gold'ner Jodtinktur,
wobei er kläglich winselte.

Frau Wirtins flotter Kapitän
lässt sich bei ihr nur selten sehn;
kommt er zurück von großer Reise,
dann bläst sie ihm auf seinem Schwanz
die alte Seemannsweise.

Frau Wirtin schätzte Fotografen,
die dürfen sie bei Licht beschlafen;
im Dunkeln fehlt der Spaß beim Ficken,
sie will sich gern bei Lampenschein
im Spiegel selbst erblicken.

Frau Wirtin ward von einem Demographen,
mal wissenschaftlich gut beschlafen.
Der merkte an bei jedem Fick:
»Mit Liebe hat das nichts zu tun,
das ist Bevölkerungspolitik.«

Frau Wirtin hat auch eine Hur,
die ist ein Meister der Dressur;
lässt Flöhe, Läus und Wanzen
auf jedem runden Nillenkopf
den Polkareigen tanzen.

Schicksalsschläge:

Frau Wirtin kannte einen Mann,
der vögelte den Wasserhahn;
die Pfeife blieb ihm stecken;
der Klempner schweißte ihn heraus,
sonst müsst' er dran verrecken.

Frau Wirtins geiler Chemiker,
ein schlauer Akademiker,
der stellt beim Onanieren
sich schnell den Bunsenbrenner an
und lässt den Samen destillieren.

Frau Wirtin hatte einen Hirt,
in dem hat sie sich schwer geirrt;
er blies nur die Schalmei,
denn mit des Knaben Wunderhorn
war's bei ihm längst vorbei.

Frau Wirtin gab einmal ein Picknick,
mit großem Essen und auch Fick;
hernach sie ziemlich schmollte,
weil einer, der ganz furchtbar fraß,
zum Schluss nicht vögeln wollte.

Frau Wirtin wurde einst im Wald,
von einem Jäger angeknallt;
sie lag erschöpft im Rasen,
da hat er auf der Möse ihr
»Jagd aus – Sau tot« geblasen.

Frau Wirtin rief nach dem Docteur,
und dem geschah ein groß' Malheur;
er wollte sie entbinden,
da rutscht' er in die Spalte
und war nicht mehr zu finden.

Frau Wirtins kleinem Piccolo,
dem erging es ebenso;
doch alle Ungerechtigkeit, die rächt sich,
jetzt sitzen sie im Uterus
und spielen Sechsundsechzig.

Frau Wirtin fehlt gar sehr die Magd,
denn die hat dieser Welt entsagt,
sie ging ins Männerkloster;
dort singt sie mit den Mönchen nun
das Hurenpaternoster.

Frau Wirtins Stolz, das ist ihr Sohn,
der kann's jetzt unter Wasser schon;
nun schwimmt er durch die Buchten
mit Flossen und mit Tauchgerät,
die Fische zu befruchten.

Frau Wirtin hatte einen Traum,
vom Baden sanft in Männerschaum,
zwölf ihrer stärksten Knechte,
die wichsten ihr Wanne voll.
Wie das die Kerle schwächte!

Frau Wirtin hat noch einen Traum,
da sieht sie ihren Lebensbaum,
dran hängen alle Pimmel,
die sie zeitlebens drin gehabt;
hui, ist das ein Gewimmel.

Frau Wirtin kam im Himmel an
und machte sich an Petrus ran;
Zeig her, mein Freund, wo ist dein Pimmel;
denn wenn's hier nichts zu Vögeln gibt,
dann pfeif' ich auf den Himmel.

Epilog:

Jüngst war ich selber an der Lahn
und sah mir die Frau Wirtin an;
was musste ich erblicken?
Es ist ja so viel Schwindelei,
die lässt sich gar nicht ficken.

Frau Wirtin gäb' viel Geld gern her,
wenn man das Lied jetzt säng' nicht mehr;
doch es ist nicht zu fassen,
die Mädchen singen's in der Schul,
die Knaben auf den Gassen.

Der Pyramidenbau des Ramses

Exotik ist sexy, Reisen auch. Heute fliegt der Pauschaltourist Geilfried Zitterschwanz mit dem Bumsbomber nach Bangkok. Damals musste er sich mit Ausflügen in das Reich der antiken Fantasie begnügen, wenn sich die Sehnsucht nach einer glutäugigen Schönheit in seiner Hose meldete. Ein rühriger Pharao am Nil hatte da eine Geschäftsidee. Er vermarktete sein Prinzesschen als Porno-Queen der Antike.

Ramses der Ägypterkönig
hatte der Moneten wenig
in dem Land der Pharaonen,
wo die schönen Mädchen wohnen.

Einst beim Bau der Pyramiden,
die von Herodot beschrieben,
war die Kasse plötzlich leer,
und das quält den Herrscher sehr.

Drum sprach er zu Tochter Isis:
Jungfer, jetzt kommt eine Krisis;
bald schon werde ich gepfändet,
und der Bau wird nicht beendet.

Räumen wir den Tempel aus,
bauen wir ein Freudenhaus.
Deine schönen Jungfernzitzen
können mir jetzt sehr viel nützen.

Die Bezahlung, die soll sein
je ein Pyramidenstein.
Schwör' es mir beim Gotte Ra!
Isis schwor: Ja, mein Papa!

Ramses ließ sogleich verkünden,
auf den Bergen, in den Gründen,
auf den Märkten, in den Tempeln:
Die Prinzessin lässt sich stempeln.

Es erscholl in allen Hallen:
Jungfer Isis lässt sich knallen.
Und es stand an allen den Brücken:
Die Prinzessin lässt sich ficken.

Von den Glocken hört' man's klimpern:
Die Prinzessin lässt sich pimpern.
Man vernahm auf allen Straßen:
Königs Tochter wird auch blasen.

Allen Völkern tat man kund,
Isis nimmt ihn in den Mund,
streichelt jeden Hodensack,
gern auch nur zum Schabernack.

Lechzend kamen sie gelaufen,
einzeln und in wilden Haufen.
Wüstenscheiche, Berberfürsten
wollten die Prinzessin bürsten.

Prachtgermanen aus dem Norden,
mit dem Penis voller Orden.
Männer aus dem Fernen Osten,
denen stand er wie ein Pfosten.

Römer von dem Strand des Tiber,
setzten haufenweise über.
Jede Sorte Lumpenpack,
Männer mit und ohne Sack.

Ausgedörrte Beduinen
wollten gern der Isis dienen.
Eskimos, der Steiß ganz weiß,
vom Gefick in Schnee und Eis.

Fischer von den Fidschi-Inseln,
Angelhaken an den Pinseln.
Jäger von den Aleuten
mit verschwitzten Samenruten.

Mönche von den Philippinen,
Eier gelb wie Mandarinen.
Reiter aus der Mongolei,
im Sattel ein Reserve-Ei.

Cowboys kamen angeritten,
die schon schwer an Lues litten.
Indios, deren Eichelplatten
längst Museumswerte hatten.

Aus dem Süden kamen Buren,
die den Sack auf Wagen fuhren.
Prinzen aus dem Morgenland
trugen ihn am güldnen Band.

Neger, Inder und Mulatten,
alle, die noch einen hatten.
Selbst mit wundgelaufnen Eiern
ließ es sich noch mit ihr feiern.

Auf der Insel Sansibar
machten sie die Riemen klar.
Buddhas von der Insel Ceylon
schützten sich diskret mit Nylon.

Heiden, Moslems, Katholiken –
alle wollten Isis ficken.
Männer, deren schlaffe Vorhaut
vom Rabbiner längst geklaut.

Kardinäle, Sittenrichter,
alles mögliche Gelichter,
Ayatollahs, Bolschewiken
ließen sich im Tempel blicken.

Lutheraner, Menoniten
träumten wild von ihren Titten;
selbst Mormonen brachen auf,
zu dem geilen Amoklauf.

Ein Kardinal war auch dabei,
dem fehlte schon das linke Ei.
Nonnen hatten ihm beim Beten
diese Zierde weggetreten.

Modisch trugen die Franzosen
Plastikpinsel in den Hosen,
Mafiosis aus Italien,
goldgefasste Genitalien.

London schickte auf die Schnelle
zwanzig Homosexuelle.
Russland sandte dreißig Recken –
Sowjetsterne auf den Säcken.

Schweden fühlten sich sauwohl,
denn zum Fick gab's Alkohol.
Selbst die Ältesten der Griechen
wollten gern noch mal dran riechen.

Grafen, Fürsten und Barone
stürzten sich auf die Matrone.
Selbst den Lahmsten aller Lahmen
tropfte unterwegs der Samen.

Schwänze wie ein Ofenrohr –
Isis schreckte nicht davor.
Selbst die Mumien in den Höhlen
hörte man vor Wollust grölen.

Pädophile und Eunuchen
durften sich bei ihr versuchen.
Knaben, deren Lustgebein
war noch mikroskopisch klein.

Luden von der Reeperbahn
schleppten ihre Kundschaft an.
Ruhrstadt Essen war vertreten
mit den Kruppschen Gussstahlklöten.

Männer aus dem Raume Aachen,
die mit Schwänzen Kohle brachen.
Kumpel aus dem Saargebiet
brachten ihr Kondom gleich mit.

Sachsen strömten an den Nil,
alle stolz auf ihren Stiel.
Pommern, frisch von Strelasund,
mit dem Kampfruf: Dübel rund!

Schwaben traten an zur Hatz
mit abgeklapptem Hosenlatz.
Als Empfehlung trugen Bayern
Hofbräustempel auf den Eiern.

Und so wuchs der Bau gen Himmel,
dank der vielen Völker Pimmel.
Alle Kundschaft, groß und klein,
brachte einen Ziegelstein.

Angereist mit bunten Wimpeln,
heimgekehrt mit wunden Pimpeln,
stützten sie die Pyramiden,
die Herodes hat beschrieben.

Ramses, als vorbei die Krisis,
fragte nach bei Tochter Isis:
Wer war denn der letzte Schuft,
der im Tempel dich gepufft?

Ein Sachse war's, der ohne Spesen,
hier ist unterwegs gewesen.
Als ich mal kurz eingenickt,
hat er mich umsonst gefickt.

Den Pharao ergreift die Wut:
Schafft herbei den Tunichtgut!
Wache, jagt ihn bis zur Elbe,
schleift die Eier bis aufs Gelbe!

Hervor tritt da aus schwarzem Tuch
säbelschwingend ein Eunuch.
Und hinterm Vorhang, voller Grausen,
hört man die Eierschleifmaschine sausen.

Bonifazius Kiesewetter

Zu Kaisers Zeiten erobert der Schelm Bonifazius Kiesewetter das Kasernenmilieu. Vor nichts hat er Respekt. Nach einer kurzen Zeit als Frontschwein mutiert er zum Salonschwein. Für die erlittenen Entbehrungen hält er sich schadlos bei der Baronin Ziegler und bei anderer gefälliger Weiblichkeit. Bis sich seine Sperma-Spuren im Zweiten Weltkrieg himmelwärts verlieren.

Bonifazius Kiesewetter
war erfüllt von hoher Brunst.
Unzensiert im Volksgedächtnis
eingeprägt ist seine Kunst.

Liebe altvertraute Verse
sind nun richtig sanktioniert;
und der unbekannte Autor,
lacht sich eins und triumphiert.

Unerhört sind manche Reime,
aber voll von hohem Schwung.
Guter Sex ist immer saftig,
eine Volksbelustigung!

Alles, was die Bücher sagten,
klingt verklemmt und konstruiert.
Durch das freie Volksmundschaffen
sind wir besser motiviert.

Wenn im Winter durch die Straßen
kalt der raue Nordwind fegt
und des Abends Sturm und Regen
prasselnd an das Fenster schlägt,

wenn an traulichen Kaminen
lauschend sitzt der Enkel Schar,
dann erzählt der Opa ihnen,
wer einst Bonifazius war.

Wie er mit der Frau Baronin
seine Tag' und Nächt' verbracht;
wie er oftmals unterlegen
leider auch des Bösen Macht.

Merke:
Das Leben ist doch gleich viel netter
mit einem Vers von Kiesewetter.

Bonifazius Kiesewetter,
dieses alte Rübenschwein,
trug im Jahre vierzehn/fünfzehn
sich als Kriegsfreiwill'ger ein.

Doch bereits beim Sturm auf Lüttich
ward der Mann nicht mehr erblickt,
weil er hinter einer Hecke
eine Belgierin gefickt.

In dem Donner der Kanonen
und im Lärm der dicken Brummer
schob der gute Bonifazius
seine erste Auslandsnummer.

Merke:
Ein Ferkel denkt im Kampfgetöse
immer noch an Pint und Möse.

Zur Bewährung wurde er
an die Marnefront entsandt,
um die Lage zu erkunden,
was er aber falsch verstand.

Bonifazius Kiesewetter,
auf Patrouille ausgeschickt,
hat, statt nach dem Feind zu sehn,
im Kartoffelfeld gefickt.

Von dem Spähgang hat er fröhlich
diese Meldung mitgebracht:
Von dem Feind ist nichts zu sehen,
doch 'nen Bombenfick gemacht.

Merke:
Solche Meldung ist zwar richtig,
taktisch aber wenig wichtig.

Nach dem Kriege lumpte Boni
in dem Städtchen Heidelberg,
bummelnd, fressend, hurend, saufend,
wie einst der berühmte Zwerg.

Wo ist, fragte ein Bekannter,
hier ein Puff, wo man für Geld?
Gibt's nicht, meinte Boni heiter,
kaum 'ne Nutte sich hier hält.

Dies Geschäft wird hier betrieben
von Studentinnen en gros;
mit und ohne Geld und Gummi,
Junge, ja, hier ist was los!

Merke:
Prostitution das Feld verliert,
wo der Unterleib studiert.

Als er an die fünfzig Male
von dem Tripper ward kuriert,
hat nach vierzig Saufsemestern
Boni Jura ausstudiert.

Kiesewetter, ehrbedürftig,
nannte sich nun Ref'rendar.
Doch man sah, dass im Justizdienst
er nicht zu gebrauchen war.

Denn vor dem erlauchten Richter
zeigte er verrohte Sitten.
Im Gerichtssaal griff er schamlos
einer Zeugin an die Titten.

Merke:
Viel schöner als die Scheißjustiz
ist ein strammer Weiberpiez.

Da von solchem Vorgehn aber
im Gesetzbuch gar nichts stand,
fand man ihn sehr ungehörig
und empfahl ihn kurzerhand.

Auf die Menschheit losgelassen,
wurde er bald Staatsanwalt;
als Ressort, man kann's kaum fassen,
kriegte die Moral er bald.

Nutten, Stenze und Verleger,
Zeitungshändler, Lokusfrauen,
klagt er an, der Sittenfeger;
war ihm dieses zuzutrauen?

Merke:
Nur lateinisch und seriöse
diskutiert man Schwanz und Möse.

Jüngst im schönsten Frühlingswetter
sprach er eine Dame an:
Sie gestatten, Kiesewetter,
der bekannte Gentleman.

Kommen Sie, sprach drob die Dame
morgen doch zu uns zum Tee,
da gibt's lauter hohe Gäste,
fast die ganze Haute voleé!

Bonifazius ruft begeistert:
Das ist gar nicht ungeschickt,
aber eines möcht ich wissen,
wird dabei denn auch gefickt?

Merke:
Wer nur an das eine denkt,
leicht im Irrtum sich verfängt.

Neulich wollte ein Reporter,
wie es Presseleute tun,
Bonifazius Kiesewetter
über Frauen interviewn.

Als der Mann den Diener fragte:
Ist der Herr denn heut zu Haus?
Schickte Boni ihm als Antwort
eine kleine Karte raus.

Lecken Sie mich doch am Arsche!
stand auf dieser Karte drauf.
Lieber nicht, entschied der Frager,
und gab seine Absicht auf.

Merke:
Angebote hintenrum
Finden meist kein Publikum.

Frau Baronin hat Geburtstag,
und die ganze Vetternschar
küsste ihr galant die Hände,
wie es gute Sitte war.

Alle Gäste sind versammelt,
und es ist schon ziemlich spät,
als der Boni anmarschiert,
worauf großer Lärm entsteht.

Bonifazius, der den Handkuss
abgeschmackt und hässlich fand,
legt zum Gruß der Frau Baronin
seinen Penis in die Hand.

Merke:
Auch bei festlichen Gelagen
ist der Schwanz diskret zu tragen.

Dass er sich nicht ändern konnte,
sah die Gräfin schmerzlich ein,
diesen Schweinehund zu bessern,
würde ganz vergeblich sein.

Einmal wollt sie's noch versuchen,
nahm ihn ernstlich ins Gebet,
doch er sprach: Ach, wenn Sie wüssten,
wie er mir schon wieder steht.

Eine Frau aus kleinen Kreisen
schreit, wenn sie's nicht haben will;
diese Frau war viel zu edel,
litt vergnügt und blieb ganz still.

Merke:
Ein Schweinehund von Profession
spricht jeder Pädagogik Hohn.

Als im Freiballon er neulich
mit der Frau Baronin war,
droht dem wackeren Piloten
eine furchtbare Gefahr.

Aus zweitausend Meter Höhe
saust nach unten der Ballon.
Ballast ist schon abgeworfen,
sogar Bonis Prachtkondom.

Kiesewetter, unverdrossen
sinnt auf schnelle Rettung schon.
Unverzüglich wichst er dreimal,
da erhebt sich der Ballon.

Merke:
Selbst Onanie ist manchmal bon,
wie hier in diesem Freiballon.

Frau Baronin hatte Fieber,
lag auf ihres Bettes Pfühl;
schleunigst rief sie Kiesewetter,
dass er ihren Puls befühl.

Kiesewetter tritt ins Zimmer,
und was macht das alte Schwein?
Greift der gnädigen Baronin
einfach zwischen beide Bein'.

Als er sich genug gelabt hat,
spricht er: Na, soviel ich weiß,
ist das kaum was von Bedeutung,
nur das Fötzchen etwas heiß.

Merke:
Grundfalsch ist's, den Puls zu fühlen,
an Stellen, die sich niemals kühlen.

Neulich fuhr Baronin Ziegler
mit dem Auto über Land.
Nahe war sie schon dem Ziele,
als ein übler Schmerz entstand.

Boni, dieser Schweinehund,
nützte die Gelegenheit
und verdoppelte voll Arglist
heimlich die Geschwindigkeit.

Die Baronin wollte runter,
doch er ließ sie nicht mehr los;
sondern vögelte vergnüglich,
die Baronin auf dem Schoß.

Merke:
Auch bei Hochgeschwindigkeit,
findet sich Gelegenheit.

Boni, der verreisen wollte,
nach der Insel Sansibar,
ging zuvor zur Gräfin Ziegler,
die sein Ein und Alles war.

Als er sie im Schlafgemache
noch ein letztes Mal gefickt,
trug er seinen Schwanz mit einem
Strauß Vergissmeinnicht geschmückt.

Leider scheuerten die Stängel
ständig zwischen Bauch und Bein,
und so trat beim Koitieren
öfters eine Stockung ein.

Merke:
Gar sinnig ist's, den Schwanz zu schmücken,
doch hindert's ungemein beim Ficken.

Kaum zurück, lud Frau Baronin
Boni gleich zu Tische ein.
Nach dem Essen wird gevögelt,
sprach sofort das große Schwein.

Als bei Tische scheu sie fragte:
Boni, glaubst du, dass sich's schickt?,
hat er sie ganz ungeduldig
vor der Suppe schon gefickt.

Gott sei Dank ließ von den Gästen
einer gleich das Licht ausdrehn;
Bonifazius, riefen alle,
Das woll'n wir nicht noch mal sehn!

Merke:
Wer zu Tische ist geladen,
sollte etwas Anstand haben.

Eines schönen Winterabends
stellte er im Puff sich ein;
da er sich galant gekleidet,
ließ man arglos ihn hinein.

Doch schon nach den ersten Worten
war es allen Huren klar,
dass der Gast, der grad' gekommen,
ein besoffnes Ferkel war.

Wie er sich darauf benommen,
das spricht aller Schildrung Hohn.
Erst als sie den Louis riefen,
macht er eilig sich davon.

Merke:
Es muss auch solche Schweine geben,
wovon sollt' sonst der Louis leben.

Bonifazius Kiesewetter,
leicht geschockt, doch weiter geil;
suchte trotzdem unverdrossen
noch einmal im Puff sein Heil.

Doch wie er auch tobt' und drückte
und sich wie ein Schwein benahm,
merkte sie, dass er wohl fickte,
aber nicht ein Tropfen kam.

Als sie nicht mehr mittun wollte,
da er gar nichts fertig kriegt',
sagte er: Mir umso lieber,
eh' nichts kommt, bezahl ich nicht.

Merke:
Wer zum Zahlen nicht bereit,
bleibe bei der Handarbeit.

Bonifazius hatte glücklich
eines Tages sich verlobt,
leider kam der Braut zu Ohren,
dass im Puff er rumgetobt.

Das gab eine üble Szene,
und es drohte schon der Bruch.
Er zerdrückte eine Träne,
suchte nach dem Taschentuch.

Als er es hervorgezogen,
fiel auch ein Kondom heraus,
und der Schwiegervater tobte:
Bock, verlassen Sie mein Haus!

Merke:
Des Schwiegervaters Zorn erregt,
wer Frommser in den Taschen trägt.

Bonifazius spielte lustvoll
ein Turnier im Tennis mit,
wo er, da er gut in Form war,
um den Meistertitel stritt.

Als jedoch beim letzten Aufschlag
ihm das Racket brach entzwei,
öffnet schnell er seine Hose
und macht sich den Penis frei.

Ehe man ihn hindern konnte,
schlägt er mit des Pimmels Kraft
elegant den Ball hinüber
und gewinnt die Meisterschaft.

Merke:
Unbesiegbar einer bleibt,
dessen Ständer Bälle treibt.

Als ein Varieté-Ensemble
jüngst ein Gastspiel absolvierte,
eilte Boni auf die Bühne,
wo die Schar sich produzierte.

Eine von den Chansonetten
vögelte er gleich im Stehen,
und die Menge applaudierte,
so was ward noch nie gesehen.

Dreimal ward er vorgerufen,
zog das Mädchen nach am Piez.
Und erklärte dies zu einem
kleinen Extra-Benefiz.

Merke:
Den Koitus im offnen Saal,
sieht man nur äußerst selten mal.

Kürzlich gab die Gräfin Ziegler
einen kleinen Tee dansant,
der in allen seinen Teilen
zur Zufriedenheit gelang.

Gräfin, sagte Boni heiter,
heute wird mal nicht gefickt!
Über diese Besserung
war die Gräfin hoch beglückt.

Nur als eine junge Dame
schnell zur Toilette wollt',
machte Boni einen Vorschlag,
den man ungern wiederholt.

Merke:
Vögeln auf der Toilette,
ist gegen jede Etikette.

Else hieß ein andres Mädchen,
Gräfin Zieglers holde Maid;
und sie zählte vierzehn Lenze,
trug ein äußerst kurzes Kleid.

Eines Abends blieb das Bett leer,
und die Gräfin schlief nicht ein,
denn im Garten sah sie Else
wandeln hold im Mondenschein.

Else stand bei Kiesewetter,
der legt' ihr die Schenkel bloß.
Die Komtesse stöhnte wonnig
schon beim ersten Liebesstoß.

Merke:
Auch Mädchen aus den besten Kreisen
einen Fick sich früh schon leisten.

Ihre Tochter schickt die Gräfin
nach der Schweiz ins Pensionat,
und am Abend vor der Reise
gibt sie ihr noch manchen Rat.

Später schleicht sich Boni leise,
als es fast schon Mitternacht,
in das Zimmer der Komtesse,
die sich's grade selber macht.

Ohne nur ein Wort zu sagen,
legt er in das Bett sich rein,
und erst in des Morgens Frühe
lässt er glücklich sie allein.

Merke:
Immer, wenn Gelegenheit,
sind Komtessen schon bereit.

Schützenfest war dieser Tage,
Kiesewetter wirkte mit;
es bedarf wohl keiner Frage,
dass die Gräfin ziemlich litt.

Heim kam er erst früh am Morgen,
hatte einen schweren Schritt,
um für Abwechslung zu sorgen,
bracht' er eine Dame mit.

Selten kamen böse Worte
über der Frau Gräfin Mund;
diesmal aber rief sie schluchzend:
Das tut nur ein Schweinehund!

Merke:
Beim Adel wird nicht gern gesehen,
wenn Fremde mit nach oben gehen.

Als die Gräfin Urlaub machte,
zeigte Boni sich geknickt,
und er sprach: Es ist doch schade,
dass sie jetzt ein andrer fickt.

Um sich ihrer zu erinnern,
geht er in ihr Kabinett
und mit einem Sehnsuchtsseufzer
nimmt er Platz auf ihrem Bett.

Während er sich seiner Stimmung
keineswegs so leicht ergab
und die Hand noch etwas rührte,
ging ihm plötzlich einer ab.

Merke:
Alle Seelenqual im Innern,
kann man sich auch aberinnern.

Auf der nächsten Urlaubsreise
nahm er sich ein schönes Kind,
aber bei der dritten Nummer
ließ die Maid nicht los den Pint.

Alles spritzte in die Gegend,
weil die Maid so stark erregt.
Er beschmutzte seine Kleider,
die er neben sich gelegt.

Leider fehlte beiden Partnern,
Fleckenwasser, Waschbenzin;
und so blieben auf den Kleidern
viele Stellen schrecklich grün.

Merke:
Hast du kein Waschbenzin zur Hand,
treib es nicht am Badestrand.

Geilheit treibt ihn manchmal auch
in den Zoo vors Affenhaus.
Zur Verwunderung der Affen
zieht er seinen Piephahn raus.

Eine Äffin nutzte da
flugs die Gunst des Augenblicks;
ihre Urwaldfotze reicht sie
Boni hin zwecks Gitterficks.

Alle Affen in der Runde
wichsten fröhlich mit im Takt,
bis der Bonifazius fertig
mit dem Sodomitenakt.

Merke:
Im Tierreich scheint das größte Schwein
der Homo sapiens zu sein.

Boni reiste mal nach Schwaben
zu des Berlichingens Burg,
dort zog er gleich nach der Ankunft
drei Touristenfrauen durch.

Plötzlich, in der Nacht um zwölfe,
trat herein des Burgherrn Geist:
Bischst des du, der Kiesewetter,
wo in jede Ecke scheißt?

I verbiet dir exemplarisch
meine' schöne Schwabe'gruß;
denn am Arsch tut man nit lecke
jemand, wo andauernd muss.

Merke:
Götzens Wort lässt sich benutzen,
besser ist's, den Hintern putzen.

Bonifazius Kiesewetter
stieg in einem Wirtshaus ab,
an dem Flusse Lahn gelegen,
wo es viele Gäste gab.

Den Geschlechtstrieb zu erforschen,
tagte dort ein Festkongress;
Bonis Glied entsteigt dem Latze,
wie das Untier dem Loch Ness.

Solches, sprach ein Sittenforscher,
ist in unserm Kreis nicht Brauch,
uns berührt nur theoretisch,
was beim Menschen unterm Bauch.

Merke:
Der Fachmann, der vom Pimpern spricht,
geht gern mit Laien ins Gericht.

Bonifazius Kiesewetter,
dessen Neigung jeder kennt,
wollte endlich wieder üben,
was der Laie Vögeln nennt.

Da er große Eile hatte,
denn er musste gleich zur Bahn,
wollt' er ein Bordell besuchen,
wie er es schon oft getan.

Aber in der großen Eile
irrt er in der Straße sich,
kommt in eine Mädchenschule
merkt es dummerweise nicht.

Merke:
Zuviel Hektik ist fatal,
Triebe leiden allemal.

Boni ruft in eine Klasse,
wo man ein Gedicht vortrug:
Kann man hier mal eine pimpern?
Neunuhrdreißig geht mein Zug!

Jetzt erst merkte Kiesewetter,
wo er hingeraten war,
denn die Antwort, die er kriegte,
machte ihn vor Staunen starr:

Kommen Sie um neun Uhr wieder!
riefen alle Mägdelein,
da sind zehn Minuten Pause,
da wird was zu machen sein.

Merke:
Willst du in der Schule ficken,
kann's nur in der Pause glücken.

Neulich, schon total betrunken,
Boni tat ein Nuttchen auf,
und nach längerem Verhandeln
stieg er schließlich auf sie rauf.

Aber ach, das Koitieren
machte ihm gar schwere Pein.
Und trotz aller seiner Mühen
lief nichts in die Möse rein.

Endlich, nach fast einer Stunde,
als das Mädchen schon ganz schlapp,
ging ihm, Gott sei Dank im Himmel,
endlich doch noch einer ab.

Merke:
Der Koitus ist unentbehrlich,
manchmal aber sehr beschwerlich.

Einmal trifft ihn Gräfin Ziegler,
wie er grad den Park durchstreift,
und er weint gleich einem Kinde,
dass es einen Stein erweicht.

Von dem Schmerze Kiesewetters
ist die Gräfin tief gerührt,
und sie spricht mit sanfter Stimme:
Was ist Ihnen denn passiert?

Hab vorhin am Gartenhause
mit des Gärtners Frau gefickt,
dabei ist zum ersten Mal
mir der Penis umgeknickt.

Merke:
Beginnt der Penis umzuknicken,
ist's bald aus mit Freiluft-Ficken.

Boni saß beim Morgenkaffee,
las vergnügt das Tageblatt,
als ins Zimmer voller Rage
die Baronin Ziegler trat.

Boni, schäumte die Empörte,
Boni, hör mich einmal an:
Wieder ist die Köchin schwanger,
kennst du den, der das getan?

Höhnisch lachte Kiesewetter,
der so viele Tricke kennt:
Gott sei Dank hab ich Atteste,
dass ich längst schon impotent.

Merke:
Die Impotenz hat doc[illegible] Zeiten
entschieden ihre guten Se[illegible].

Bonifazius Kiesewetter
sollte Kriegsdienst leisten auch,
doch er schickte sich nur ungern
in den allgemeinen Brauch.

Für den Tag der Musterung
nahm er eine Nutte mit,
wozu der Bezirksfeldwebel
die Berechtigung bestritt.

Boni allerdings war sicher,
dass er sich im Recht befand;
weil besagte Dame nämlich
selbst unter Kontrolle stand.

Merke:
Einem neuen Reichswehrmann
steht solch Gesellschaft übel an.

Gleich beim ersten Reichswehrschießen,
wo stets großer Trubel ist,
wurde eine Ehrenjungfrau
plötzlich auf Platz vermisst.

Alles machte sich ans Suchen,
da erschien die Ehrenmaid,
leider sah man grüne Flecken
hinten an dem weißen Kleid.

Eilig über eine Wiese
sah man Bonifazius fliehn.
Wie bei ihr die Rückenseite
war'n bei ihm die Knie ganz grün.

Merke:
Im Grünen fickt es sich ganz nett,
reinlicher geht es im Bett.

Bonifazius Kiesewetter
stellte Antrag auf u.k.,
weil er keine Möglichkeiten
beim Kommiss zum Vögeln sah.

Die Französin ist verboten,
deutsche Mädel sind tabu;
den Verkehr mit einer Stute
lässt der Tierarzt ungern zu.

Nur beim Rückgriff, den er machte
auf das eigene Geschlecht,
gab das hohe Kriegsgericht
ihm nach den Gesetzen Recht.

Merke:
Als Landser man am besten ist,
ein sexueller Autarkist.

Eines Tags im Schützengraben
Blickt er auf ein Mausloch hin,
Diese Größe reicht zum Ficke,
kommt sofort ihm in den Sinn.

Schmerzlich zeigt sich in der Hose
seines Schwanzes alte Kraft,
wie in Frau Baronins Schoße
geht ihm ab der heiße Saft.

Und er wirft sich auf die Böschung
weit ertönt der Stimme Schall,
als er keucht aus voller Lunge:
»Ich vögle Dich, oh Erdenball!«

Merke:
Gemeinheit ist´s, den kleinen Tieren
vor die Tür zu onanieren.

Als der gute Bonifazius
endlich Oberfähnrich war,
lud er ein in das Kasino,
denn er war nicht undankbar.

Zum Gelage brachte er
zehn bekannte Nutten mit,
die so mancher geile Leutnant,
gleich in Uniform beritt.

Selbst ein schon seniler Oberst,
der seit langem nicht mehr kann,
deutet mit der Bratengabel
die Geschlechtsbewegung an.

Merke:
Militärisch ist's geschickt,
wenn man vor dem Essen fickt.

Kiesewetter fand sich schließlich
bei den schmucken Fliegern ein.
Was er tollkühn dort getrieben,
brachte ihm kein Großkreuz ein.

Schon beim ersten Startversuch
kotzte plötzlich der Motor:
Backbordschütze Bonifazius
vögelte das Auspuffrohr.

Nur dem kleinen Tourenzähler
hat der Bruch nichts angetan,
doch der zeigt statt vierzehnhundert
volle zwanzigtausend an.

Merke:
Gar schädlich ist dem Flugmotor
der Piephahn in dem Auspuffrohr.

Doch bald wird er abgeschossen,
und kehrt nur zum Sterben heim.
Da versammeln sich die Erben
und sehn sein Vermächtnis ein.

Als das Testament geöffnet,
ach, was hat man da erblickt:
eine Liste aller derer,
die der Schweinehund gefickt.

Alle Frauen, alle Männer,
denen er einst beigewohnt.
Nicht einmal der Frau Baronin
kleiner Schoßhund blieb verschont.

Merke:
Taktvoll ist's nicht, wenn man sammelt
die Namen derer, die man rammelt.

Kiesewetter lag im Sarge,
die Frau Gräfin weinte sehr;
und mit großen Blumenspenden
nahte der Verwandten Heer.

Als die Schönste der Kusinen
ihren Kranz hernieder legt,
hört' man, wie's im Sarge drinnen
schaurig an den Deckel schlägt.

Gleich erblassen alle Gäste,
ängstlich öffnet man den Schrein,
und mit einem Riesenständer
liegt im Sarg das alte Schwein.

Merke:
Wenn im Sarg der Penis steht –
ist es meistens schon zu spät.

Kiesewetter fuhr zum Himmel,
Petrus kannte ihn bereits.
Dem gemäß war die Begrüßung,
sehr gemessen beiderseits.

Boni fragte ihn betroffen
angesichts der Englein Schar:
Muss man diese alle ficken?
Petrus stand vor Schrecken starr.

Der Posaunenchor verstummte,
alle Sternlein gingen aus,
und mit einem Riesenarschtritt
flog der Bonifazius raus.

Merke:
Den Trieb sollst du auf Erden regeln,
im Himmel gibt's nichts mehr zu vögeln.

Zu Wasser und zu Lande

Marineträume

Seemann, wo ist deine Heimat, Seemann, was treibt dich nach Haus? In der Enge der Kojen glühen nachts die Fantasien von den nackten Weibern an der Pier. Aber der Landgang ist nicht immer die große Erfüllung.

Nachtgespenster

Der Seemann, diese Wasserratte,
genießt gern seine Morgenlatte,
bis der UvD im Gang steht,
und der Traum zu Ende geht.

Der Traum von all den jungen Weibern,
beim Sonntagssport mit nackten Leibern,
von der Sehnsucht nach der Liebe,
romantisch zart, mit starkem Triebe.

Senkt die Rohre, hebt die Leiber,
die Pier steht voller nackter Weiber.
Ein jeder Seemann träumt davon,
doch leider kommt der Morgen schon.

Tagwerk

Der Gott, der Eisen wachsen ließ,
und der das Meer den Lachsen wies,
der gönne auch dem Seemann was,
in Ruhe er ihn wichsen lass.

Der Nordwind übers Wasser jault,
der Seemann sich die Eichel krault.
Der Käpt'n will die Mannschaft wecken,
die Mannschaft träumt vom Möselecken.

Die Nille und das Punzenfass,
sind beide an der Öffnung nass.
Das kommt vom vielen Tunken.
Aufstehn, ihr Halunken!

Der Bootsmann auf dem Scheißhaus steht
und sich den Schwanz zur Schraube dreht.
Der Moses auf dem Oberdeck,
der fegt die kalten Bauern weg.

Auf jedem Schiff, das dampft und segelt,
wird leider nur per Hand gevögelt.
Der Maat steigt auf des Mastes Spitze,
und wechselt seine Tripperspritze.

Die Sonne scheint am Firmament,
die Filzlaus längs der Sacknaht rennt.
Des Seemanns Glück und Sonnenschein,
ist Wichsen und Besoffensein.

Sansibar ist eine Insel,
Syphilis zerfrisst den Pinsel.
Am Palmenstrand von Libanon,
da onanierte Nero schon.

Ein Affe saß auf unserm Schiff,
und wichste, bis die Nille pfiff.
Die Klöten schob er auf und nieder
und sang dabei Sankt-Pauli-Lieder.

Der Wachmann schleicht allein zum Vorschiff,
und übt den neuen Wechselgriff.
Er schiebt die Vorhaut hin und her
und schaut hinunter auf das Meer.

Er seufzt dabei, weil er gern wüsste:
Wann taucht sie auf, die Heimatküste?
Und siehe da, man glaubt es kaum:
auf seinem Mastbaum Brandungsschaum.

Landlust

Seemann, prüf dein Sackgewicht,
backbords kommt Laboe in Sicht.
Vorbei die Zeit der Handarbeit,
steh stramm und halte dich bereit!

Die Hure ist kein schlechtes Mädel,
sie spielt dem Seemann gern am Dödel.
Doch manchmal zeigt sie ihm den Rücken,
dann muss er sie im Stehen ficken.

Der Bootsmann spricht zu seiner Rose,
heb hoch das Hemd, lass weg die Hose.
Die Uhren an den Wänden ticken,
doch taktlos ist's, nach Zeit ficken.

Vögeln ist des Seemanns Wonne,
gern auch mal mit einer Nonne.
Die Klosterfräulein trommeln laut
nachts auf ihrer Jungfernhaut.

Dünengras und viele Mücken,
mit kaltem Arsch ist's schwer zu ficken.
Matrosen haben's gern bequem,
ein Tittenfick ist auch sehr schön.

Erfüllung

Die Qualle durch das Weltmeer segelt,
es quietscht, wenn man im Wasser vögelt.
Der Oberbootsmann ärgert sich,
im kalten Wasser steht er nicht.

Das Mädel wärmt dem Fahrensmann,
mit zarter Hand den Kolben an.
Und ohne viel Getrödel
gebraucht er seinen Dödel.

Die Möse zuckt,
der Dödel spuckt,
oh, oh, ah, ah,
wie tut das gut!

Reue

Ich wache auf mit schlaffem Dödel
und im Bett ein fremdes Mädel.
Uhr im Pisspott, Geld ist weg,
unterm Nagel Mösendreck.
In der Puffbar riecht es sauer,
an den Wänden kalter Bauer.
Tief im Herzen Trippersorgen,
das ist Seemanns Montagmorgen.

Frontpoesie

In den großen Kriegen marschierten immer Tripper, Syphilis und andere Geschlechtskrankheiten mit. Die Landser-Lyrik bot ein wenig Trost. Um sich freizuwitzeln von den quälenden Mitbringseln aus den Frontpuffs, sang man vom Sanitätsgefreiten Neumann und seinem lindernden Angebot an Schwefelpudern, Frommsern und Gleitcremes.

Neumann, Sanitätsgefreiter (Teil 1)

(Zu singen nach dem Preußischen Präsentiermarsch)

Hoch
Ein dreifach Hoch
Ein dreifach Hoch dem Sanitätsgefreiten
Neumann – Neumann.
Der
ja, ja, ja,
der, schon lange her,

die Tripperspritze hat erfunden.

Früher lief die grüne Sauce
in die Ausgeh-Extra-Hose.
Heute wendet jedermann
Neumanns Tripper-Spritze an.

... das Sofakissen hat erfunden.

Früher legte man beim Pimpern
beide Fäuste untern Hintern.
Heute wendet jedermann
Neumanns Sofakissen an.

... die Kondome hat erfunden.

Früher spritzt' man's auf den Rasen
oder ließ sich einen blasen.
Heute wendet jedermann
Neumanns Überzieher an.

... die Vaseline hat erfunden.

Früher musste man sich schinden,
um den rechten Weg zu finden.
Heute wendet jedermann
gerne Neumanns Gleitcreme an.

... die Wundersalbe hat erfunden.

Früher musste man sich plagen,
eine Filzlaus zu erjagen.
Heute wendet jedermann
Neumanns graue Salbe an.

... den Militärpuff hat erfunden.

Früher stand man ziemlich lange
vor der Hurenwohnung Schlange.
Heute wendet jedermann
Neumanns Puffwegweiser an.

... die Stabsgehilfin hat erfunden.

Früher fiel es Offizieren
schwer, ein Feindweib zu verführen.
Heute nimmt Tipp-Damen man
auf Herrn Hauptmanns Schreibtisch dran.

... die Patriotin hat erfunden.

Früher mussten die Soldaten
auf Transport des Ficks entraten.
Heute lassen einen Mann
viele Bahnhofs-Damen ran.

... die Aushilfsschwester hat erfunden.

Denn es dient das deutsche Kätzchen
schon ab Leutnant als Maträtzchen.
Manche lässt selbst ihren Mann
und den Oberschützen ran.

... das doppeltkohlensaure Natron hat erfunden.

Früher steckt ihn mancher Landser
in den Auspuff vor dem Panzer.
Heute wendet jedermann
Wehrmachts-Hängepulver an.

... die Wichsmaschine hat erfunden.

Früher musste man sich plagen,
um sich einen abzujagen.
Heute wendet jedermann
Neumanns Wichsmaschine an.

Urlaubsfreuden

(berlinisch)

Als Neunzehnfünfzehn ein Landsturmmann
auf Urlaub kam bei Muttern an,
da haben sie sich geherzt und geküsst,
und der Hund hat vor Freud in die Stube
gepisst.
Da sagte der Mann: Frau, weißte was,
mach mich erst mal richtig nass.
Seife von oben bis unten mich ab
und bringe die Läuse alle auf Trab,
die ich in Russland aufgelesen
und die seit Wochen mein Jammer gewesen.

Darauf der Mann im Adamsgewand
unversehens im Kübel stand.
Die Frau goss warmes Wasser hinein
und seifte von oben bis unten ihn ein.
Doch wie sie ihm zwischen die Beine fährt,
die Flinte sich nach oben kehrt.
Da strahlt sie übers ganze Gesicht,
seift pausenlos weiter und spricht:
Na weeßte, Kerl, det freut mir doch,
der olle Bengel kennt mir noch.

Ballade vom Durchhalten

Heut, in dieser schweren Zeit,
wo's kaum Brot gibt, weit und breit,
wo die Butter und die Eier
sind so ungeheuer teuer,
wo der Sack und auch die Nille
hängen in der Hose stille –
ja, bei solchen schweren Nöten
gehen auch die Klöten flöten.

Halt' zusammen alle Kraft
und vergeude nicht den Saft.
Meide tapfer jedes Weib,
schone lieber deinen Leib.
Zähme deine wilden Lüste,
schaue nicht auf stramme Brüste.

Locken sie dich mit den Blicken,
sag: vorbei ist mit dem Ficken.
Rufe aus vor jeder Fose:
Scheiß auf deine Pinkeldose!
Denn von unsrer Marmelade
wird kein Piephahn grade.

Aber wenn der Krieg vergeht,
und der Piephahn wieder steht,
wenn die Möse und die Titte
laden ein zum scharfen Ritte,
dann, ihr Männer, seid zur Hand,
und steht fürs deutsche Vaterland.

Die geheilte Nation vergaß den Wohltäter so vieler deutscher Soldatenpenisse nicht. Nach dem Zweiten Weltkrieg feierte der Sanitätsgefreite fröhliche Auferstehung im Wirtschaftswunderland.

Neumann, Sanitätsgefreiter (Teil 2)

Hoch
Ein dreifach Hoch
Ein dreifach Hoch dem Sanitätsgefreiten
Neumann – Neumann.
Der
ja, ja, ja,
der, schon lange her,

... die Gastarbeiter hat erfunden.

Früher fuhr frau in den Süden,
wenn der Gatte tat ermüden.
Heute holt sie sich kokett
Gastarbeiter in ihr Bett.

... den Auto-Klappsitz hat erfunden.

Früher stieß man an dem Lenker
sich die Eier beim Geschlenker.
Heute wendet jedermann
Neumanns Auto-Klappsitz an.

... die Pornofotos hat erfunden.

Früher reizten nackte Frauen
Gäste auf, herumzusauen.
Heute pinnt sich jeder Barmann
Neumanns Kollektionen an.

... die Catcher-Kämpfe hat erfunden.

Früher spielten mit dem Daumen
Frauen heimlich an den Pflaumen.
Heute frau ganz ungeniert
sich beim Catchen orgasmiert.

... das Bidet hat erfunden.

Früher müht' mit Schwamm und Brausen
frau sich, bis die Spermien draußen.
Heut' spült das moderne Weib
wonnevoll den Unterleib.

... den TV-Striptease hat erfunden.

Früher konnt' in Nachtlokalen
man sich dumm und dämlich zahlen.
Heute geilt sich jedermann
schon ab fünfzig Pfennig an.

... das Sexbuch hat erfunden.

Früher hatten's brave Christen
schwer, sich redlich zu entrüsten.
Heute schafft der fromme Mann
sich das Kamasutra an.

Bauernsex

Der Bauer macht gern Bäuerchen. Bekannt ist auch seine Neigung, mit den Hühnern ins Bett zu gehen. Was mancher perverse Städter missversteht. Morgens, wenn der Hahn kräht und der Bauer sich den Schlaf aus den Augen reibt, hat er manchmal Orientierungsschwierigkeiten. Dann fragt er sich: Was kann ich dafür, dass ich die Magd mag?

Kratzbürste

(Bayern)

Geh und lass dir's Pumperl kratzen,
Figgerle pumpum.
I schenk dir 'nen Viererpatzen,
Figgerle pumpum.

I pfeif auf deinen Viererpatzen,
Figgerle pumpum.
Kann mei Pumperl selber kratzen,
Figgerle pumpum.

Verbote

(Bayern)

Musst mi einilassa,
musst mi drüberlassa,
aber sag'n derfst es net.

Dia ham ma auffignagelt,
dass der Bauch hot gschnagglt,
aber heirat'n duan mr's net.

Hots mi auffalassa,
hots me schaue lassa,
aber drüber lassa hots mi net.

Gscherte Bauernlackl,
tuan ma Finger hakeln,
aber obahackeln derfst mas net.

Absage

(Pommern)

Schäpemäke Dickbuck
Wies' mi diene Fickbuck.
Miene Fickbuck wies ick nich,
Wies' ick so nem Dämlack nich.

Nachtgespenst
(Sachsen)

Ein Bauer wankt nach Hause,
es ist schon Mitternacht.
Da hat er stinkbesoffen
die Stalltür aufgemacht.
Er denkt, er fällt ins Bette
zu seiner lieben Frau,
da küsst er aus Versehen
den Arsch der fetten Sau.

Mutmaßung
(Schwaben)

Hinter der Stallwand
passiert allerhand,
wenn der Knecht und die Dirn
multipliziern.

Erkenntnis

Es ist nit alles Spuk,
was nachts in euer Tochter Kammer geht.

Knechtschaft

(Hessen)

Ein Bauer aus dem Odenwald,
der hat ein schönes Weib,
dazu eine schöne Dienstemagd,
die war dem Bauer sei Freud.
Schiebe nach, schiebe nach, schiebe langsam nach,
schiebe langsam, aber gut.
Schiebe nach, schiebe nach, schiebe langsam nach,
dass nichts passieren tut.

Die Bäuerin auf den Jahrmarkt ging,
wie war der Bauer froh.
Er sprach zu seiner Dienstemagd,
wir legen uns ins Stroh.
Schiebe nach ...

Die Bäuerin nach Hause kam
und stieg die Trepp hinauf.
Da lag die schöne Dienstemagd,
der Bauer oben drauf.
Schiebe nach ...

Die Bäuerin zum Bauer sprach:
Das ist mir eben recht,
wenn du die Magd gelöhnet hast,
so löhnt es mir der Knecht.
Schiebe nach ...

Bauernregeln
(landauf, landab)

Wenn es nachts im Bette kracht,
der Bauer seine Erben macht.

Der Bauer macht ein Bäuerlein,
es muss nicht mit der Bäurin sein.

Fällt der Bauer auf sein' Stengel,
wird's wohl nichts mit noch 'nem Bengel.

Der Birnenpflücker holt sich munter,
einen nach dem andern runter.

Der Förster soll im Wald sich tummeln,
er hat im Schafstall nichts zu fummeln.

Wichst der Bauer nachts im Garten,
kann die Bäurin nichts erwarten.

Wichst der Bauer auf dem Klo,
ist die Bäurin gar nicht froh.

Liegt der Bauer auf dem Knecht,
ist's der Bäurin auch nicht recht.

Schmeißt der Knecht die Hose hin,
liegt die Magd im Heu schon drin.

Hat die Magd was in der Krone,
geht sie auch mal oben ohne!

Kommt der Bauer in den Stall,
ruft die Magd: Du kannst mich mal!

Geht die Jungmagd gern ins Heu,
ist der Bauer auch dabei.

Auf dem Heu und in dem Stroh,
ward schon manches Mägdlein froh.

Spielt der Bauer abends Karten,
muss die Bäuerin halt warten.

Liegt die Jungmagd auf dem Dung,
riecht's nach Vergewaltigung.

Hat die Magd 'nen wunden Po,
lag die Egge unterm Stroh.

Trinkt der Knecht zu viel vom Biere,
knutscht im Stall er Küh' und Stiere.

Mai und Knecht und nasses Gras,
die Bäuerin kriegt Ischias.

Hat der Bauer einen Ständer,
dann wird's Frühling im Kalender.

Es gönnt sogar das Schäferhündchen,
sich ab und zu ein Schäferstündchen!.

Kräht der Hahn heut' auf dem Huhn,
hat's mit dem Wetter nix zu tun.

Ist der Mai schön warm und trocken,
kann man schon im Freien bocken.
Ist er aber kalt und nass,
macht es nur zu Hause Spaß.

Alle vögeln, Herr wie Knecht;
wie es kommt, so ist es recht.

Kennerlyrik

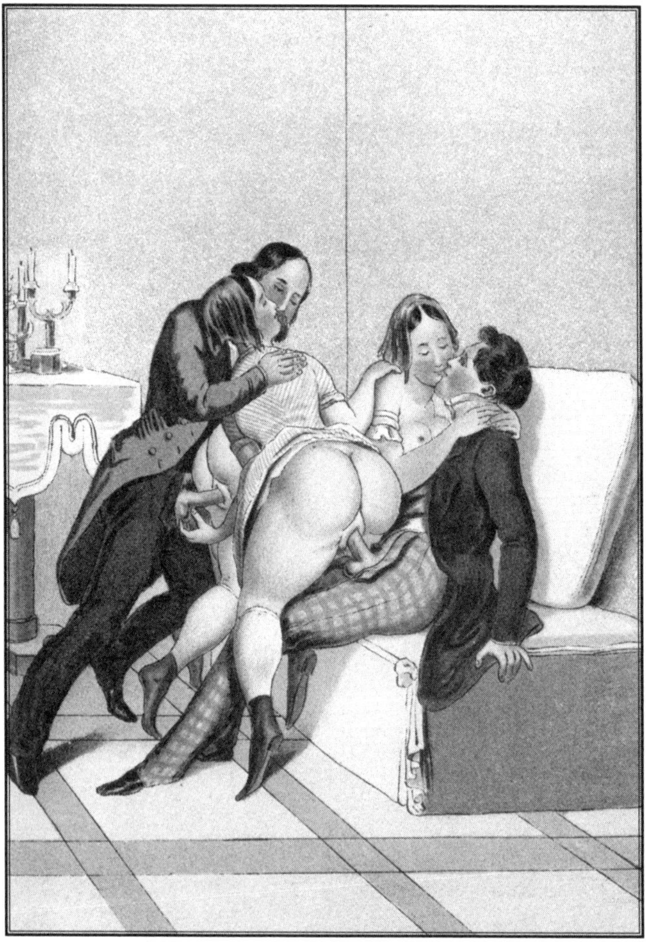

Landläufiges

Im Wein liegt Wahrheit, im Reim liegt Klarheit. Man kann sich manches besser merken aus dem großen Themenkreis von Familienehre über Jungfräulichkeit bis Impotenz. Da gibt es regionale Vorlieben. Alemannisch-bajuwarische Reimer befassen sich lustvoll mit den Geschehnissen unter den Ritterrüstungen ihrer Vorfahren, norddeutsche Blicke richten sich lieber unter die Röcke der Mädchen.

Schwesterliebe

(Thüringen)

O Schwesterlein, o Schwesterlein
du bist ja so errötet.
Wer hat denn dich, wer hat denn dich,
schon wieder durchgeflötet.

War's der Goethe mit der Flöte,
war's der Schiller mit dem Piller?
Nein, es war Graf Theodor,
mit seinem großen Ofenrohr.

O Theodor, du Schuft,
hast meine Schwester durchgepufft.
Da lass ich keine Gnade walten,
ich werde dir die Eier spalten.

Ein kurzer Schnitt, ein langer Schrei,
schon rollt davon ein halbes Ei.
Und die Moral von der Geschicht':
Meine Schwester pufft man nicht!

Mutter und Tochter

(Rheinland)

Wer steht vor der Tür?
Ich bin ein Grenadier.

Mein Herr, was führt sie her,
und was ist ihr Begehr?

Ich möchte schlafen fein
bei Ihrem Töchterlein.

Mama leih mir deine,
meine ist zu kleine!

Hast ja selber eine
wie 'ne Bauernscheune.

Kann sie dir nicht borgen,
Papa braucht sie morgen.

Mama, tu's Licht anzünden,
er kann's Loch nicht finden!

Brauchst es nicht zu zünden,
er hat's schon gefunden.

Berliner Reime

Stoßgebet

Leck mich am Arsch, mein Hühnchen,
leck mich am Arsch, mein Hahn!
Heut' Abend ist es dunkel,
da lässt du mich mal dran.

Eilakt

Ein Herr, der wollt' zur Steinstraß' gehen,
die Zeit war ihm zu knapp,
da blieb er vor der Steinstraß' stehn
und wichst sich einen ab.

(Steinstraße: einstiges Berliner Nuttenviertel, auch Steinritze genannt)

Fehlschlag

Ich kannt' ein Mädchen, treu wie Gold,
die hieß Marie-Marotze.
Doch als ich sie mal ficken wollt',
da hatt' sie keine Fotze.

Spielzeug

Ach, du holdes Engelein,
setz' dich auf meinen Schoß,
spiel was mit dem Stängelein,
das geht ja ganz famos.

Warnung

Meine Mutter sagt immer,
spiel nicht mit dem Finger,
es wird immer schlimmer,
lass ruhen diese Dinger.

Jugendschutz

Jesus sprach zu seinen Jüngern:
Schwänze weg von jungen Dingern.
Lasst sie wachsen und gedeihen,
bis sie selber danach schreien.

Schadensfall

Sultan Abdul Hamid
löst seinen Harem auf,
und alle seine Frauen
stehen zum Verkauf.

Er hat schon zehn Eunuchen
mit an die Luft gesetzt,
die soll'n sich selbst was suchen,
was machen die nur jetzt?

Wer setzt den diesen zehn
nun neue Eier ein?
Nichts hebt sich und nichts senkt sich,
nee, det is zu jemein!

Ansichtssache

Warum in die Ferne kieken?
Lieber nah und gerne ficken.

Hobelbank

(Sachsen)

Ist das nicht die Hobelbank?
– Ja, das ist die Hobelbank!
Ist die nicht so blitzeblank?
– Ja, die ist so blitzeblank!
Hobelbank! – Blitzeblank!
O du schöne Hobelbank,
Heute wird gehobelt, morgen sind wir blank.

Ist das nicht die Kunigunde?
– Ja, das ist die Kunigunde!
Hat die nicht den Schwanz im Munde?
– Ja, die hat den Schwanz im Munde!
Kunigunde! – Schwanz im Munde!
Hobelbank! – Blitzeblank!
O du schöne Hobelbank,
Heute wird gehobelt, morgen sind wir blank.

Ist das nicht die Edeltraut?
– Ja, das ist die Edeltraut!
Hat sie nicht den Fick versaut?
– Ja, sie hat den Fick versaut!
Edeltraut, Fick versaut!
Hobelbank! – Blitzeblank!
O du schöne Hobelbank,
Heute wird gehobelt, morgen sind wir blank.

Ziehharmonika

(Niederrhein)

Es ist kaum zu beschreiben,
was unsre Weiber treiben.
Mit der Zia-, der Zia-,
der Ziehharmonika.

Der Maler, der Maler,
der malt die Mädchen ab.
Und kommt er an den Kitzel,
bleibt ihm der Pinsel sitzen.
In der Zia-, der Zia-,
der Ziehharmonika.

Der Schuster, der Schuster,
der nimmt bei ihnen Maß.
Und kommt er an ihr Leder,
steht ihm was wie ’ne Feder.
Nach der Zia-, die Zia-,
der Ziehharmonika.

Der Pastor, der Pastor,
verliest die heil’ge Schrift.
Doch kommt er an Matthäus,
da schwillt sein Zebedäus.
Nach der Zia-, die Zia-,
der Ziehharmonika.

Waldspaziergang

(Mecklenburg)

War einst ein Mädchen mit lieblichen Wangen
in einem Wald spazieren gegangen.
Die Stunde der Rückkehr war längst schon dahin,
doch heimzugehen, das war nicht ihr Sinn.

Erst als in der Nacht es zu stürmen beginnt,
kehrt heim die Vermisste, ganz fröhlich gestimmt.
Die Bluse zerfetzt, das Korsett verschoben,
die Haare zerzaust, die Röcke gehoben,

Die Mutter, sie spricht da: Was muss ich erleben,
bist du wohl trunken vom Safte der Reben?
Nein, Mutter, das lasse ich gerne bleiben,
ich kann mir die Zeit auch anders vertreiben.

Im Walde, da gibt es ganz andere Freuden,
herzen und küssen – das kann ich wohl leiden.
Mit einem Prinzen sank ich ins Gras,
Und dann, Mutter, kam erst der richtige Spaß.

Beim Hosen ausziehen, da konnte ich sehen,
gar lieblich ein kleines Männlein stehen.
Nur oben am Kopfe, da war es rot,
doch sonst hielt es still, als sei es tot.

Als wir eine Weile uns so unterhielten,
an Bauch und Schenkeln uns zärtlich befühlten,
bekam ich in mir ein Kitzeln und Brennen,
als sollt' es den Unterleib mir versengen.

Da legte er sich schnell zwischen meine Beine,
ich zeigt' ihm mein Blümchen und er mir den Kleinen.
Mit dem fuhr er nun heraus und herein,
im Himmel, da kann es nicht schöner sein.

Und als er mir Bauch und Schenkel bespritzt,
erschlaffte er plötzlich, ganz müd und erhitzt.
Ich erbarmte mich seiner und drückt voll Lust
das kleine Schlamassel an meine Brust.

Da beutelte ihn gleich ein neues Fieber,
ich mochte ihn nun von hinten lieber.
Doch entfachte er nicht neues Feuer in mir,
es war eher so wie beim Klistier.

Da spricht die Mutter mit traurigem Blick:
Du bist wohl nicht wert des Himmels Glück.
Wär' ich es gewesen, ich wüsst' es zu fassen,
noch dreimal hätt' ich mich ficken lassen.

Krötenfang
(Holstein)

Ein Jüngling sieht ein Mädchen stehn,
er lädt sie ein, mit ihm zu gehn.
Als sie dann im Grase sitzen
und vor lauter Unschuld schwitzen,
hockt eine Kröte sprungbereit
und hüpft dem Mädchen unters Kleid.

Sie schreit vor Schreck, der Kavalier
sucht ohne Zögern nach dem Tier.
Er blickt ihr mutig unters Hemd
und sieht so manches, das ihm fremd.
Ein Loch ist dort, das macht wohl Sinn,
da sitzt vielleicht die Kröte drin.

Doch wie auch seine Finger wühlen,
von dem Tier ist nichts zu fühlen.
Die Maid erkennt mit großem Bangen
die Kröte wird er so nicht fangen.
Da ruft sie aus in größter Not:
Mit Wasser machen wir sie tot.

Doch auf der ganzen weiten Fläche
gibt's Flüsse nicht und keine Bäche.
In seiner Unschuld aber hat
der Jüngling einen guten Rat.
Er wird ihr in den Brunnen pissen,
erleichtert will die Maid ihn küssen.

Das aber war zu früh gefreut,
der Zapfhahn gibt kein Wasser heut'.
Das Mädchen ruft in höchster Not:
Dann stoß' mit diesem Ding sie tot.
Das lässt er sich nicht zweimal sagen,
er fährt hinein fast bis zum Magen.

Zwar ist solch Krötenfang nicht schicklich,
doch fühlt das Mädchen sich nun glücklich.
Am nächsten Sonntag voller Freud
trifft unser Mann erneut die Maid.
Sie flüstert leis' mit roten Wangen:
Heute wieder Kröten fangen?

Jägerlatein

(Hessen)

In meinen jungen Jahren,
da war ich oft im Wald.
Die Schnepfe dort zu jagen,
wie hab ich da geknallt.

Wie stieß ich gern und mächtig
den Ladstock in den Lauf.
Wie stand der Hund so prächtig,
wenn's auf die Sau ging rauf.

Jetzt hängt die Jägertasche,
die Schnalle bleibt nun zu.
Leer ist die Pulverflasche,
der Hahn hat seine Ruh.

Die Jagd ist jetzt geschlossen,
verrostet das Gewehr.
Das Pulver ist verschossen,
der Hund, er steht nicht mehr.

Anne-Marie
(Altmark)

Anne-Marie, Marie, wie heißt dein erstes Kind?
Anne-Marie, Marie, wie heißt dein erstes Kind?

Mein erstes Kind heißt Friederich,
denn es war der Jungfernstich.
Alle Male, wenn's kribbelt, kribbelt, krabbelt,
alle Male, wenn's juckt.

Anne-Marie, Marie, wie heißt dein zweites Kind?
Mein zweites Kind heißt Theodor,
denn es geschah im Fußballtor ...

Anne-Marie, Marie, wie heißt dein drittes Kind?
Mein drittes Kind heißt Waldemar,
weil es im Walde geschah ...

Anne-Marie, Marie, wie heißt dein viertes Kind?
Mein viertes Kind heißt Marianne,
denn es geschah in der Badewanne ...

Anne-Marie, Marie, wie heißt dein fünftes Kind?
Mein fünftes Kind heißt Eberhard,
denn es geschah im Schrebergart ...

Anne-Marie, Marie, wie heißt dein sechstes Kind?
Mein sechstes Kind heißt Henriette,
denn es geschah bei einer Wette ...

Anne-Marie, Marie, wie heißt dein Ehemann?
Anne-Marie, Marie, wie heißt dein Ehemann?
Ich habe keinen Ehemann,
denn bei mir darf jeder ran ...
Alle Male, wenn's kribbelt, kribbelt, krabbelt,
alle Male, wenn's juckt.

Angebot

(Rheinland)

Ich bin ein junges Weibchen,
hab einen alten Mann.
Schön ist mein blühend Leibchen,
das sieht man mir wohl an.

Schön straff sind meine Brüste,
der Mund ist rosenrot.
Ach wenn sie einer küsste,
ich litte keine Not.

Was hilft mir masturbieren,
wenn ich nicht vögeln kann.
Werd' jede Freud' verlieren
mit meinem alten Mann.

Ich koch ihm täglich Eier
und Selleriesalat.
Es bleibt die alte Leier,
ich weiß mir keinen Rat.

So oft ich abends spiele
mit seinem Schneckenhaus –
der Kerl kriegt nicht Gefühle,
er fährt es gar nicht aus.

Er zeigt zwar guten Willen
und spielt sogar den Held'.
Doch kann er nichts erfüllen,
darum ist's schlecht bestellt.

Darüber wird er böse
und rattert mit Verdruss.
Er gibt mir leere Stöße,
die ich beweinen muss.

Doch will ich nicht verderben,
bei diesem alten Mann.
Wenn er nicht bald wird sterben,
fang ich was andres an.

Viel Hörner wird er tragen
zu seinem Spott und Hohn.
Wer es mit mir will wagen,
dem zahl ich Macherlohn.

Nüsseknacken

(Brandenburg)

Ging ein Mädchen Nüsse schütteln,
Alle Jungen ließen rütteln.
Rums, rums, rums

Ging das Mädchen Himbeern pflücken,
Riss dabei den Rock in Stücken,
Rums, rums, rums.

Hat nicht nur den Rock zerrissen,
Sondern manche Nuss zerbissen,
Bums, bums, bums.

Liedgut

Gern lauscht das lüsterne Ohr bekannten Melodien mit sündigen Textverdrehungen. Operettencouplets rutschen unter die Gürtellinie, Klassikertexte geraten zu Hurengesängen, Volkslieder verwandeln sich in Lumpenlieder. Lästerlich klingen die Hohelieder der Liebe aus den Lotterbetten. Doch merke: Wo man singt, da lass dich ruhig nieder, böse Menschen haben keine Lieder.

Seidenhöslein

(nach Goethes Gedicht »Sah ein Knab' ein Röslein stehn«)

Sah ein Knab' ein Höslein wehn,
Höslein unterm Kleide.
War so weiß und blütenschön,
flatterte beim Gehn und Drehn,
war von feinster Seide
Höslein, Höslein, Höslein weiß,
Höslein unterm Kleide.

Und der Knabe lief hinzu,
Höslein unterm Kleide.
Höslein flüsterte: du, du,
mach doch nicht die Augen zu,
tu mir was zu Leide.
Höslein, Höslein, Höslein weiß,
Höslein unterm Kleide.

Und dem Knaben war nicht bang,
Höslein unterm Kleide.
Höslein wehrte sich nicht lang,
fiel herab und legte blank
Seligkeit und Freude.
Möslein, Möslein, Möslein schwarz,
Möslein unterm Kleide.

Was geht das uns an

(Volksweise)

Eine Frau, die kaufte sich Bananen,
wozu, das konnte keiner ahnen.
Eines Nachts im süßen Traume,
steckt sie sich eine in die eins, zwei, drei.
Was geht das uns an, das geht uns gar nichts an,
wir singen nur ein Lied davon.

Ein Matrose, der wollte übers Wasser.
Sein Mädchen, das wurde immer blasser.
Der Matrose konnt' nicht segeln,
er wollte nur mal mit ihr eins, zwei drei.
Was geht das uns an …

In Paris, da gibt es viele Straßen,
Mädchen, die warten dort in Massen.
Niemand muss sie lange bitten,
an der Seine lassen sie sich eins, zwei drei.
Was geht das uns an …

Ein Knabe, den zog es zum Theater,
berühmt zu werden wie sein Vater.
Als er sah die kleinen Nixen,
fing er gleich mal an zu eins, zwei drei.
Was geht das uns an …

Ein Reiter, der fiel von seinem Pferde,
sein Madel, das lag schon auf der Erde.
Stützen wollt' er sich auf seine Lanze,
doch sie griff gleich nach seinem eins, zwei drei.
Was geht das uns an …

Das Lied vom Rudern

(Volksweise)

Tritt der Mensch ins Leben ein,
ist er noch so winzig klein.
Später erst wächst er heran
zu einer Jungfrau oder Mann.
Kann noch nicht rudern,
kann noch nicht segeln
kann noch nicht fiii---schen
auf der hohen See.

Fünfzehn Jahre ist er alt,
aus der Schule kommt er bald.
Und er geht auch gern spaziern,
um kleine Mädchen zu verführn.
Möcht' gern rudern,
möcht' gern segeln ...

Zwanzig Jahre ist er dann,
nun fängt alles richtig an.
Jetzt kommt seine schönste Zeit,
wo er zu allem ist bereit.
Bereit zum Rudern,
bereit zum Segeln ...

Kommt er in die Dreißig rein,
ist er nicht mehr gern allein.
Heuert sich ein Weibchen an,
das ihm den Mastbaum richten kann.
Jetzt darf er rudern,
jetzt darf er segeln …

Wird er dann so vierzig Jahr,
wächst zu Haus die Kinderschar,
alle laut nach Papa schrein,
doch Mama will gerudert sein.
Nun muss er rudern,
nun muss er segeln …

Fünfzig Jahre ist er alt,
die Harpune wird ihm kalt,
und er denkt schon oft zurück,
an manch vergangnes Segelglück.
Kann kaum noch rudern,
kann kaum noch segeln …

Sechzig ist er und wird schwach,
abends bleibt er kaum noch wach,
und er kann beim besten Will'n,
den Wunsch der Frau nicht mehr erfüll'n.
Will nicht mehr rudern,
will nicht mehr segeln …

Siebzig Jahre ist der Greis,
seine Haare sind ganz weiß,
sieht noch einen Hoffnungsstrahl,
dass er im Jenseits kann noch mal.
Möcht' noch mal rudern,
möcht' noch mal segeln ...

Achtzig Jahr und in der Gruft,
kommt der Teufel angehupft.
Schaut sich diesen Leichnam an,
und fängt gleich zu spotten an.
Der hat gerudert,
der hat gesegelt ...

Doch dann kommt er in den Himmel.
Dort gibt's einen neuen Pimmel,
und nach einem knappen Jahr
vermehret sich der Engel Schar.
Kann wieder rudern,
kann wieder segeln ...

Mancher, der ist alt und grau
und ihm stehn die Segel flau.
Aber wir sind jung und froh,
uns steht der Mastbaum immer so.
Wir wollen rudern,
wir wollen segeln,
wir wollen fiii---schen
auf der hohen See.

Variante:

Mit dem Seesack in der Hand,
ging der junge Hein zum Strand,
wollte fortziehn von zu Haus,
die Lust trieb ihn aufs Meer hinaus.
Die Lust zum Rudern,
die Lust zum Segeln,
die Lust zum Fiii---schen
auf der hohen See.

Fern im Hafen von Shanghai,
sah er gelbe Girls am Kai,
frech und mit ’nem Schlitz im Kleid,
die gaben Hein sofort Bescheid.
Hier lernste Rudern,
hier lernste Segeln ...

Frau’n, so schwarz wie Kohlenruß,
traf der Hein in Veracruz.
Eine brachte nebenbei
ihm immer noch was Neues bei.
Noch was vom Rudern,
Noch was vom Segeln ...

Bei den Eskimos im Eis,
eine war auf ihn ganz heiß.
Lud ihn in ihr Iglu ein,
da froren ihm die Glieder ein.
Sogar beim Rudern,
sogar beim Segeln …

Als der Hein nach Hause kam,
fing ein neues Leben an,
seine Braut taut ihn schnell auf,
da sagt er ihr: Ich bin gut drauf.
Will mit dir rudern,
will mit dir segeln,
will mit dir fiii---schen
auf der hohen See.

Wenn zwei Jungvermählte flittern
(Melodie: Auf der Schwäbsche Eisebahne)

Wenn zwei Jungvermählte flittern
bis dass ihre Knie zittern,
wer'n se von der Liebe satt,
sind se auch ganz müd und matt.
Rulla, rulla, rullala …

In den nächsten Ehewochen
braucht die Frau nicht viel zu kochen:
Ab und zu ein kleines Ei,
so was hilft schon eins, zwei, drei!
Rulla, rulla, rullala ...

Ist man ein, zwei Jahre weiter
und in allem viel gescheiter,
braucht man für die Nächte schon
eine große Fleischportion.
Rulla, rulla, rullala ...

Wird der Alte immer zahmer,
immer müder, immer lahmer,
kocht die Frau für weiche Knie
Strammen Max und Sellerie.
Rulla, rulla, rullala ...

Wird die Ehe dann schon älter
und die Liebe immer kälter,
hilft der Doktor manches Mal
mit 'ner Pille aus der Qual.
Rulla, rulla, rullala ...

Doch zum Schluss hilft keine Pille
und kein noch so großer Wille.
Und man sagt, es tut mir leid,
lebe wohl, du schöne Zeit!
Rulla, rulla, rullala ...

Juchheidi

(Melodie: Auf der Festung Königstein, sächsisch-schwäbisch)

Alle Mädchen muss man lieben,
alle, die da, juchheidi,
einen Schwanz ins Fötzlein schieben.
Juchheidi-heida.

Anna liegt am liebsten unten.
mit den Händen, juchheidi,
lüstern fasst sie deinen Spunden.
Juchheidi-heida.

Berta will den Schwanz erst knutschen,
denn sie weiß längst, juchheidi,
besser wird er ihr dann rutschen.
Juchheidi-heida.

Clara sagt, welch süßer Bengel,
wollustschauernd, juchheidi,
bläst sie deinen Wonnestengel.
Juchheidi-heida.

Doris drückt ihn voll Gelüste,
wenn er steif ist, juchheidi,
an die Alabasterbrüste.
Juchheidi-heida.

Emma hat es gern von hinten,
denn ihr Podex, juchheidi,
sorgt für molliges Empfinden.
Juchheidi-heida.

Frieda reibt mit weichen Händen
das lieb Schwänzlein, juchheidi,
und versteckt's in ihren Lenden.
Juchheidi-heida.

Georgette vögelt gern im Stehen
mit viel Eifer, juchheidi,
weil's bei ihr ganz schnell soll gehen.
Juchheidi-heida.

Hanna muss man wirklich loben,
fleißig ist sie, juchheidi,
vögeln will sie nur von oben.
Juchheidi-heida.

Julia, die feine kleine,
kitzeln tut sie, juchheidi,
mit den Haaren Schwanz und Beine.
Juchheidi-heida.

Lucie hat nichts zu verstecken,
kaut am Schwanz dir, juchheidi,
und du musst ihr Fötzlein lecken.
Juchheidi-heida.

Kätchen, Moni und Ninette,
Olga, Paula, juchheidi,
treiben's gern nicht nur im Bette.
Juchheidi-heida.

Rosa, Siggi und Therese,
Uschi, Vera, juchheidi,
halten wohlfeil ihre Möse.
Juchheidi-heida.

Wanda weiß den Schwanz zu steifen,
Zenzi dito, juchheidi
lassen dich ans Fötzel greifen.
Juchheidi-heida.

Alle Mädchen muss man loben,
Die man vögelt, juchheidi,
Stehend, rittlings, unten, oben.
Juchheidi-heida.

Auf dem Weg nach Frankfurt hin
(Melodie: Auf der Festung Königstein, sächsisch-hessisch)

Auf dem Weg nach Frankfurt hin,
Jumpeidi, jumpeida,
traf ich eine Schneiderin,
Jumpeidieida.
sie versprach mir eine Hose,
wenn ich sie mal richtig stoße.
Jumpeidi ...

Auf dem Weg nach Frankfurt hin
traf ich eine Müllerin,
sie versprach mir ihre Mühle,
wenn ich sie mal richtig kühle.
Jumpeidi ...

Auf dem Weg nach Frankfurt hin
traf ich eine Fleischerin,
sie versprach mir ein paar Würste,
wenn ich sie mal richtig bürste.
Jumpeidi ...

Auf dem Weg nach Frankfurt hin
traf ich eine Bäckerin,
sie versprach mir eine Semmel,
wenn ich sie mal richtig demmel.
Jumpeidi ...

Auf dem Weg nach Frankfurt hin
traf ich eine Seilerin,
sie versprach mir gute Stricke,
wenn ich sie mal richtig ficke.
Jumpeidi ...

Auf dem Weg nach Frankfurt hin
traf ich eine Lehrerin,
und sie hat mich nicht getadelt,
denn ich hab sie gut genagelt.
Jumpeidi ...

Lieschen

(Melodie: Ambosspolka)

Lieschen, Lieschen, Lieschen,
komm ein bisschen, bisschen, bisschen
auf den Rasen, da kannst du blasen,
so wie früher, früher, früher
mit dem Gummiüberzieher,
ohne Hemd und ohne Höschen immer wieder
zack zack zack zack zack zack.

Lieschen, Lieschen, Lieschen,
komm ein bisschen, bisschen, bisschen
auf die Leiter, da geht es weiter,
o wie früher, früher, früher ...

Lieschen, Lieschen, Lieschen,
Komm ein bisschen, bisschen, bisschen
in den Keller, da geht es schneller,
so wie früher, früher, früher ...

Lieschen, Lieschen, Lieschen,
komm ein bisschen, bisschen, bisschen,
nimm die Freundin mit, dann machen wir's zu dritt,
so wie früher, früher, früher ...

Lieschen, Lieschen, Lieschen
Komm ein bisschen, bisschen, bisschen.
He, du geile Maus, jetzt ist es aus.

Die Schleifer aus Paris

(Altes Handwerkerlied)

Wir sind die Schleifer, die Schleifer wohl aus Paris,
und was wir schleifen,
das schleifen wir sicher und gewiss.
Ritschipi ritschipa ritschipum.

Ja, wir schleifen das Messer,
und wir schleifen die Gabel
und so manches Madel unter dem Nabel.
Ritschipi ritschipa ritschipum.

Ja, die Fischlein, die schwimmen
wohl unter den Steinen,
und die Madeln schleift man zwischen den
Beinen.
Ritschipi ritschipa ritschipum.

Neulich hab ich eine von hinten geschliffen,
und da hat sie mir
auf den Schleifstein geschissen.
Ritschipi ritschipa ritschipum.

Seitdem schleif ich die Madel
von hinten nicht mehr,
denn das schadet meinem Schleifstein zu sehr.
Ritschipi ritschipa ritschipum.

Da oben auf dem Berg

(schwäbisch)

Da oben auf dem Feldberg,
da steht ein Gendarm,
der hat ein Klimbimmel,
so lang wie mein Arm.

Da oben auf dem Feldberg,
da stehen zwei Zwerge,
die stärken die Hände
im eigenen Samen.

Da oben auf dem Feldberg,
da sitzt ein Chines',
der nimmt sich zwei Backstein
und reibt sich die Klös'.

Da oben auf dem Feldberg,
da steht 'ne Fabrik,
da werden die Mädchen,
elektrisch gefickt.

Da oben auf dem Feldberg,
da steht ein Rekrut,
hat's Mädchen im Arm
und die Hand an der Futt.

Da oben auf dem Feldberg,
da sitzt ein Kadett,
die Hose steht offen
und putzt's Bajonett.

Da oben auf dem Feldberg.
ist die Welt kugelrund,
da vögelt der Pfarrer
dem Metzger sein' Hund.

Mein Vater ist Dachdecker

(Volksweise, nach: Da oben auf dem Berge)

Mein Vater ist Dachdecker, der Sohn bin ich,
er deckt die Dächer, die Mädchen deck ich.
Holadihija, holladirjo ...

... ist Tischler ...
er baut die Wiegen, was reinkommt mach ich.

... ist Gärtner ...
er steckt die Bohnen, die Schote steck ich.

... ist Lehrer ...
er hat 'nen Vogel, doch vögeln tu ich.

... ist Ofensetzer ...
er setzt die Öfen, doch kacheln tu ich.

... ist Klempner ...
er lötet Rohre, die Muffen löt ich.

... ist Schneider ...
er führt die Nadel, doch sticken tu ich.

Alle Buben haben..

(Melodie: Alle Möpse bellen / O Susanna)

Alle Buben haben, alle Buben haben
einen verschmierten Hosenladen .
O Susanna, du hast am Arsch 'nen Leberfleck.
O Susanna, den beiß ich dir noch weg.

Alle Mädchen haben, alle Mädchen haben
unterm Rock, man darf's nicht sagen.
O Susanna ...

Alle Buben haben, alle Buben haben
einen kleinen Frontsoldaten.
O Susanna ...

Alle Mädchen haben, alle Mädchen haben
einen kleinen Schützengraben.
Oh Susanna ...

Alle Frontsoldaten, alle Frontsoldaten
müssen in den Schützengraben.
O Susanna ...

Und im Schützengraben, und im Schützengraben
wird dann hin und her gefahren.
O Susanna ...

Ich ging einmal spazieren

(Volksweise)

Ich ging einmal spazieren, fein's Madel an der Hand,
ich kauft' ihr ein Paar Handschuhchen, die war'n so
elegant.
Und die Händchen gehen so, und die Händchen gehen so.
So gehn die Händchen, und die Händchen, die gehn so.

Ich kauft' ihr ein fein Hütchen ...
Und das Köpfchen, das geht so ...

Ich kauft ihr ein Paar Schühchen ...
Und die Füßchen, die gehn so ...

Ich kauft' ihr ein fein Röckchen ...
Und das Ärschchen, das geht so ...

Ich kauft' ihr ein BH-chen ...
Und die Brüstchen, die gehn so ...

Ich kauft' ihr ein fein Schlüpferchen ...
Und das Möschen, das geht so ...

Ich ging einmal spazieren, fein's Madel an der Hand,
ich wollte sie verführen, ach, das war so elegant.
Und das Schwänzchen, das geht so, und das Schwänzchen,
das geht so.
So geht das Schwänzchen, und das Schwänzchen, das
geht so.

Hansl, heut musst früh aufstehn
(Bayrische Volksweise)

Hansl, heut musst früh aufstehn,
musst wetzen, mahl'n und dangeln gehen,
bei der Nacht und bei de Weibersleut',
do brauchst an guate Schneid.
Dingel-dangel-dingel-dangel do mol nimmer viel,
es wackelt scho der Hammerstiel.
Dingel-dangel-dingel-dangel do mol nimmer viel,
es wackelt scho der Stiel.

Die Sau, ja die schreit aus dem Stall:
Dengel die meine au amol,
dass a amol richtig dangelt wird,
so wie es sich halt g'hört.
Dingel-dangel-dingel-dangel ...

Die Köchin, die schreit hinterher:
Wär denn die meine gar nichts mehr?
Dass a amol richtig dangelt wird,
so wie es sich halt g'hört.
Dingel-dangel-dingel-dangel ...

Die Kellnerin, die schreit hinterm Fass:
Die meine, die ist a ganz nass!
Dass a amol richtig dangelt wird,
so wie es sich halt g'hört.
Dingel-dangel-dingel-dangel ...

Die Müllerin, die stöhnt hinterm Mehl:
Die meine wird mir kreuzfidel!
Dass a amol richtig dangelt wird,
so wie es sich halt g'hört.
Dingel-dangel-dingel-dangel ...

Die Sennrin, die schreit hinter dr Kuh:
Die meine wachst mir au no zua!
Dass a amol richtig dangelt wird,
so wie es sich halt g'hört.
Dingel-dangel-dingel-dangel ...

Pflaumenlied
(Holstein)

Ach, denke dir, mein Liebchen,
ich hab eine Pflaume gesehn.
Die war so appetitlich,
so reizend anzusehen.

Doch als ich sie wollt' fassen,
da war sie matschig sehr.
Drum hab' ich es gelassen
und komme zu dir her.

Denn wie bei dir so kernig,
so lieblich und so schön,
wurd' nie noch eine Pflaume
auf dieser Welt gesehn.

Mama guck

(Süddeutsches Kinderlied)

Mama guck, Mama guck, Mama guck, guck, guck.
Scho wieder sitzt der Gockel auf der Gluck, Gluck,
Gluck.
Der muss runter, der muss runter, der muss ra ra ra,
weil sonst des Hennle nemme laufe ka.

Mama sieh, Mama sieh, Mama sieh, sieh, sieh.
Scho wieder sitzt der Kater auf der Mie-zie-zie.
Der muss runter, der muss runter, der muss ra, ra, ra,
weil sonst des Kätzle nemme laufe ka.

Mama schau, Mama schau, Mama schau, schau, schau.
Schon wieder sitzt dr Eber auf der Sau, Sau, Sau.
Der muss runter, der muss runter, der muss ra, ra, ra,
weil sonst des Säule nemme laufe ka.

Mama schau, Mama schau, Mama schau, schau, schau
Schon wieder liegt der Vadder auf der Nachbarsfrau.
Der muss runter, der muss runter, der muss ra, ra, ra,
weil sonst der Vadder nemme laufe ka.

Oma guck, Oma guck, Oma guck, guck, guck,
schon wieder liegt der Opa auf der Gummipupp'.
Lass'n druff, lass'n druff, lass'n druff, druff, druff,
weil sonst goht dr Opa in de Puff, Puff, Puff.

Rittersleut

(Bayrisch. Melodie: Ja, so warn's ...)

Zu Grünwald im Isartal,
glaubt es mir, es war einmal,
da ham edle Ritter g'haust,
denne hat's vor gar nix graust.

Ging ein Ritter mal auf Reisen,
legt' er seine Frau in Eisen.
Doch der Knappe Friederich,
der hatte einen Diederich.

Ehescheid im Rittersland
war den Rittern unbekannt.
War die Rittersfrau mal barsch,
bekam sie eine auf den Arsch.

Ritter Franz von Künzelsau
hatt' eine tätowierte Frau.
Wenn er nachts net schlafen kann,
schaut er sich die Bilderln an.

Und das Ritterfräulein Hasi
hot am Arsch a Wasserblasi.
Doch das kam vom Keuschheitsgürtel,
den trug sie am hintern Viertel.

Und ein Ritter Alexander
rutscht' herunter Stiagenglander.
Doch stand da ein Nagel vor,
jetzt singt er im Knabenchor.

Und das Fräulein Kunigunde
hielt sich ein paar Pudelhunde,
weil die oiden Rittermänner
nimmer richtig schlecken könner.

Wollt' ein Ritter einmal schnackseln,
musst' er aus der Rüstung kraxeln.
Dabei ward ihm der Spaß verdor'm,
deshalb san's heut ausgestor'm.

Und das Ritterfräulein Anna,
war von einem Fremdling schwanger,
doch der Vater sprach: O Scheiß,
Hauptsach is, es is koi Preiß.

Und das Ritterfräulein Zenzi,
Himmi, war des Weibsbild brenzi,
kam ein Ritter in die Näh,
musst' er gleich aufs Kanapee.

Und die Frau vom Rittersmann
hot aus Blech a Hos'n an.
Wollt ein Ritter fensterln gehn,
musst' er mit der Blechscher gehn.

Und der Ritter Eduard
hat mal auf sei Dirndl g'wart.
Nach drei Stund is no net kumma,
hat er wieder d' Hand hergnumma.

Kam ein Knappe allerwegen,
ließ sich seinen Schwanz absägen
War der Schmerz auch noch so groß,
seinen Tripper war er los.

Und der Ritter Kunibert
hat das allergrößte Schwert,
an Dings wia an Glockenschlegel
und Filzläus wia Kanarienvögel.

Doch der Ritter Xaver
musst nicht länger sein ein Braver.
Denn der Xaver tat erfinden,
dass die Sach' auch geht von hinten.

Zu Grünwald drunt' d' Rittersleut,
leb'm nicht mehr seit langer Zeit,
nur die Geister von denselben,
spuken nachts in den Gewölben.

Gotteskinder

Kirchenmänner und Kirchenfrauen leiden oft mitleiderregend unter dem Überdruck der Hormone. Dominus vobiscum, predigt der Pfarrer, der Herr sei mit uns. Warum nicht auch: Domina sei mit uns? Darüber macht sich das gemeine Volk so manche Gedanken. Was passiert eigentlich bei der Einweisung von Ministranten oder im Beichtstuhl oder nachts an der Nonnen Himmelspförtchen?

Pfaffenspiegel

Der Pfarrer von Speyer
hat blecherne Eier,
was glaubst, wie des klimpert,
wenn der eine pimpert.

Der Pfarrer von Kempten,
der stärkt seine Hemden
mit eigenen Samen,
in Ewigkeit Amen.

Der Pfarrer von Haidhausen
geht in d' Stadt nei zum Mausen,
der Pfarrer von Laim,
der vögelt daheim.

Der Pfarrer von Mailand,
der fleht zu sei'm Heiland:
Gibt's denn gar kein Gebet,
dass er mir wieder steht?

Pfarrers Brautnacht

(norddeutsch)

Du mir von Gott geschenktes Weib,
jetzt nun besteig ich deinen Leib,
nicht um der schnöden Wollust willen,
nur Gottes Willen zu erfüllen.

Drum strecke dich und rege dich,
schlag deine Beine über mich.
Und dann empfange meinen Samen,
und wenn du's spürst, sag einfach Amen.

Du mir von Gott geschenkter Mann,
fang schnell mit deiner Schöpfung an!
Ich wünsche mir zu diesem Werke
des Hengstes Brunst, des Bullen Stärke.

Und auch des Sperlings Emsigkeit
jetzt und in aller Ewigkeit.
Noch eins möcht' ich von Gott erflehen:
So möge er dir immer stehen!

Karmeliter Gabriel

War einst ein Karmeliter,
der Pater Gabriel,
versprach der Anna Dunzinger
eine neue Seel'.

Die Anna war ein Mädel,
so jung und wunderschön,
und tat zum ersten Male
ins Kloster beichten gehen.

Ei, sprach er, liebes Annerl,
komm doch zu mir herein,
hier in dem dunklen Kammerl
kannst beichten mir allein.

Ach Annerl, liebes Annerl,
ich hab dich ja so gern,
sei bitte nicht so zimperlich
auf dem Empfang des Herrn.

Nahm sie in seinen Beichtstuhl,
setzt sie auf seinen Schoß.
Da dacht die Anna Dunzinger
das Beichten geht famos.

Und er erzählt dem Annerl
vom Berge Sinai
und greift ihr von den Waderln
hinauf bis an die Knie.

Nicht nur auf Haupt und Gliedern
ruht die geweihte Hand.
Er senkt sie langsam nieder
bis ins Gelobte Land.

Ei, spricht er, liebes Annerl
greif in die Kutten, Maus,
und hole mir den Priesterstab,
den Segen Gottes raus.

Da schwanden ihr die Sinne,
wie leblos sank sie hin,
sie spürte einen kleinen Knacks,
die neue Seel' war drin.

Drum all ihr kleinen Mädchen,
wollt ihr ne neue Seel',
so wendet euch vertrauensvoll
an Pater Gabriel.

Die Mönche wollten ein Klösterlein baun

Die Mönche wollten ein Klösterlein baun, o-o-ra,
für Männer eines und eines für Fraun, o-o-ra,
mit allem Klimmes Klammes, Gloria vidibums vallera,
mit allem Klimmes Klammes, Gloria vidibums vallera.

Ein Pater stieg die Leiter hinan, o-o-ra,
eine Nonne sah dies von unten mit an, o-o-ra,
und sah den Klimmes Klammes ...

Herr Pater, Herr Pater, was ist denn das, o-o-ra,
unter eurer Kutte da baumelt was, o-o-ra,
ist das euer Klimmes Klammes ...

Das ist mein Medizinerstab, o-o-ra,
womit ich die kranken Nonnen lab, o-o-ra,
das ist mein Klimmes Klammes ...

Herr Pater, Herr Pater, so labet auch mich, o-o-ra,
der Nonnen allerkränkste bin ich, o-o-ra,
mit eurem Klimmes Klammes ...

Und er führt sie auf den Orgelboden, o-o-ra,
und orgelt dort nach allen Noten, o-o-ra,
mit seinem Klimmes Klammes ...

Und als vergangen dreiviertel Jahr, o-o-ra,
die Nonne ein geistliches Knäblein gebar, o-o-ra,
mit einem Klimmes Klammes ...

Und die Moral von der Geschicht, o-o-ra,
wer's nicht versteht, der orgele nicht, o-o-ra,
mit seinem Klimmes Klammes ...

Nonnenlied

Es waren dreißig Nonnen, ja Nonnen,
die wuschen ihre Ronnen,
in einem kühlen Bronnen.
Ja, das muss ein schneidig fein, scheißfideles Kloster sein,
ja, das muss ein, schneidig fein, fideles Kloster sein.

Da sprach der Nonnen erste, ja erste,
ich lass mich nur noch bürste
vom Grafen und vom Fürste.
Ja, das muss ein ...

Da sprach der Nonnen zwote, ja zwote,
erzähl mir doch die Zote
vom Vögeln mit der Pfote.
Ja, das muss ein ...

Da sprach der Nonnen dritte, ja dritte,
ich hab es in der Mitte,
so gelb wie eine Quitte.
Ja, das muss ein ...

Da sprach der Nonnen vierte, ja vierte,
als einst ich onanierte,
ich keine Lust verspürte.
Ja, das muss ein …

Da sprach der Nonnen fünfte, ja fünfte,
der Abt die Nase rümpfte,
ob der Zusammenkünfte.
Ja, das muss ein …

Da sprach der Nonnen sechste, ja sechste,
erst fickste und dann leckste,
die ganze Möse schmeckste.
Ja, das muss ein …

Da sprach der Nonnen sieben, ja sieben,
dem Abt dem ist beim Schieben,
die Eichel dringeblieben.
Ja, das muss ein …

Da sprach der Nonnen achte, ja achte,
wie mir die Möse lachte,
als mich der Bischof packte.
Ja, das muss ein …

Da sprach der Nonnen neunte, ja neunte,
wie mir die Möse schäumte,
als sich der Bischof bäumte.
Ja, das muss ein …

Da sprach der Nonnen zehen, ja zehen,
die meine lässt sich dehnen
von Hamburg bis nach Bremen.
Ja, das muss ein …

Da sprach der Nonnen zwanzig, ja zwanzig,
in meine Möse schanz' ich
'ne Stadt so groß wie Danzig.
Ja, das muss ein …

Da sprach der Nonnen dreißig, ja dreißig,
aufs Onanieren scheiß ich,
ich vögle lieber fleißig.
Ja, das muss ein …

Da sprach die Nonne Ida, ja Ida,
erst gestern kam ick nieda,
und heute jeht's schon wieda,.
Ja, das muss ein …

Abenteuer am Glockenstrang

Es kam ein Mönch ins Oberland.
mit einer Nonne ward' bekannt.
Sie gingen mal spazieren,
da wollt' er sie verführen.

Der Mönch stieg einen Baum hinauf,
die Nonne sah von unten auf.
Ach Herr, was war das schöne Ding,
das unter euer Kutte hing?

Ach, Nonn', das ist mein Messerlein,
die Scheide habe ich daheim.
Ach Mönch, ach, willst du schweigen mir,
die Scheide will ich leihen dir.

Sie gingen durch die Kirchentür
und schoben einen Riegel für.
Sie griff nach seinem Glockenstrang
und beutelt ihn fünf Stunden lang.

Dann traten sie an den Altar
und lasen sich den Psalter vor.
Der Herrgott soll es wissen nicht,
was zwischen uns geschehen ist.

Bruder Theobald

Zur Nacht erwischte Bruder Theobald,
ein dickbäuchiger Geselle,
im Hemdchen eine weibliche Gestalt
und zog sie bis ans Gitter seiner Zelle.
Arm, Kopf und Busen bringt sie auf der Stell'
hindurch,
doch, ach, der Hintern ist zu dick.
Kreuz Teufel, flucht der Mönch,
verflixt, was helfen mir
die oberen schönen Sachen?
Den Arsch steck durch!
Sonst trolle dich zurück.
Denn ohne den kann ich
weiß Gott nichts machen.

Tierliebe

Wer die Menschen kennt, ist lieb zu den Tieren. Wie bitte? Haben die unglücklichen Bewohner der biblischen Stadt Sodom für solche Verirrungen nicht teuer genug bezahlt? Keine Sorge, lieber Leser, hier sind es die Tiere und nicht die Menschen, die ihre Lüste ausleben. Aber manchmal klingt es so, als seien Tiere die besseren Menschen.

Titikaka

Die Vögelein, die Vögelein
vom Titikaka-See,
die heben, wenn es dunkel wird
die Schwänzchen in die Höh'.

Mein Mägdelein, mein Mägdelein,
wenn ich so vor dir steh,
dann geht's mir wie den Vögelein
vom Titikaka-See.

Hamsterpein

Es war einmal ein Hamster,
der hatte der Weiber vier.
Poligamie, Poligamo, Poligamiamomo.

Da kam ein harter Winter
und nahm ihm der Weiber zwei.
Bigamie, Bigamo, Bigamiamomo.

Da kam ein trockner Sommer
und nahm ihm noch ein Weib.
Monotonie, Monotono, Monotonianono.

Da kam eine Mähmaschine
und er blieb ohne Frau.
Onanie, Oniano, Oniananono.

Zwischenfälle

Der Nasenbär sprach zu der Bärin:
Ich will dich mal was Schönes lehren.
Worauf er ihr ins Weiche griff
und dazu La Paloma pfiff.

Der Löwe schleicht ins Freudenhaus
und klopft sich dort die Eier aus.
Dank einer selbst erdachten Stellung,
hat er jetzt eine Schienbeinprellung.

Die Flunder schrie: Mein lieber Mann,
jetzt fühle ich dir auf den Zahn!
Der Flunder aber sprach verdrossen:
Lass mich in Ruh' mit deinen Flossen!

Der Hecht vollzieht den Liebesakt
zumeist im Wasser. Und stets nackt.
Weil Vater Hecht sein Weib betrogen,
trägt Mutter Flunder zwei Pfund Rogen.

Das also ist der Koitus,
so sprach die Gemse gegen Schluss.
O ja, so sprach der Gamsbock matt,
denn so was lernt man in der Stadt.

Der Fuchs, der hat ein Dokument,
das zärtlich er sein Deckbuch nennt,
denn darin wird ihm frei gestattet,
dass er ein jedes Tier begattet.

Die Dächsin sprach zum Dachsen:
Mann, bist du gut gewachsen!
Der Dachs, der lächelte verhalten,
er hält nicht viel von seiner Alten.

Die meisten Vögelarten wohnen
rings um die erogenen Zonen.
Doch leiht der Spatz dem stolzen Aar
nur ungern sein Patentpessar.

Zum Habicht sprach die Gabelweihe,
dass sie auf seinen Nabel speie,
nähm' er nicht seinen Schnabel
aus ihrer frisch geföhnten Gabel.

Der Pelikan steht wie gelähmt:
Nie hat ihn jemand so beschämt
wie dieser kleine Kolibri,
der ihn des Pubertierens zieh.

Das Vorspiel nahm den Hengst so mit,
dass er geschwächt zu Boden glitt.
Die Stute ließ der Beischlaf kühl,
ihr fehlte jedes Lustgefühl.

Der Tausendfüßler sprach beklommen:
Ich glaub, ich hab mich übernommen.
Dann stieg er ab, so schnell er konnte,
von einer Kuh, die sich grad sonnte.

Der Bär schaut seinen Ziesemann
nie ohne stille Demut an.
Denn er hat seinen Zeugungstrieb
noch mehr als seine Kinder lieb.

Der Schäfer, der betrübt entdeckte,
dass sich sein Hund aufs Leitschaf legte,
verhieß ihm barsch die Todesstrafe,
falls er noch mal ein Schaf beschlafe.

Das Krokodil hat keine Sorgen,
es kann sich's nämlich selbst besorgen.
Im Notfall nimmt der Alligator
den Unterkiefer als Vibrator.

Vögelhochzeit

(Scherzlied, Ursprung im 16. Jahrhundert)

Ein Vogel wollte Hochzeit machen
in dem grünen Walde.
Fidirallala, fidirallala, fidirallalalala.

Das Finkelein, das Finkelein,
das führt das Paar zur Kammer rein.

Der Uhu, der Uhu,
der macht die Fensterläden zu.

Die Fledermaus, die Fledermaus,
die zieht der Braut die Strümpfe aus.

Der Wiedehopf, der Wiedehopf,
der macht der Braut das Höschen opf.

Die Krähe, die Krähe, die sagt;
Hoi, was ich sehe!

Der Auerhahn, der Auerhahn spricht:
Lasst mich auch mal ran!

Die Schwalbe, die Schwalbe,
die bringt die graue Salbe.

Die Eidergans, die Eidergans,
die reibt sich ein den steifen Schwanz.

Der Kranich, der Kranich,
setzt dreimal an und kann nicht.

Der Albatros, der Albatros
versetzt der Braut den ersten Stoß.

Die Elster, die Elster,
die fragt: Ei, wie gefällt's dir?

Der Marabu, der Marabu,
der macht vor Lust die Augen zu.

Die Störchin hebt das linke Bein,
der Storch schiebt ihn von rechts hinein.

Zwei Störche, zwei Störche,
die vögeln eine Lerche.

Der Kolibri, der Kolibri,
der röchelt bei der Onanie.

Die Spatzen, die Spatzen,
die tun am Schwanz sich kratzen.

Die Nachtigall, die Nachtigall,
die vögelt einfach überall.

Der Pelikan, der Pelikan,
der vögelt wie ein Veteran.

Der Stiegelitz, der Stiegelitz,
der vögelt auf der Kirchturmspitz.

Der Rabe, der Rabe,
der vögelt mit Gehabe.

Der Papagei, der Papagei,
der vögelt ziemlich einwandfrei.

Der Vogel Strauss, der Vogel Strauss,
der hofft beim Vögeln auf Applaus.

Der Goldfasan, der Goldfasan,
der vögelt wie ein Scharlatan.

Der Hahn, der krähet: Gute Nacht!
Jetzt wird die Kammer zugemacht.
Fidirallala, fidirallala, fidirallalalala.

Irrtümer

Steigt der Erpel auf den Kater,
wird er nur recht selten Vater.

Wenn der Hahn sitzt auf der Krähe,
war kein Huhn in seiner Nähe.

Hüpft der Ganter auf den Hahn,
gibt's noch lange keinen Schwan.

Die Gans erwacht im fremden Forst
und liegt in einem Adlerhorst.
Sie schaut sich um und denkt betroffen
Mein lieber Schwan, war ich besoffen!

Im Wald, da sitzt ein Auerhahn,
der schaut mich ganz schön sauer an.
Was mich nicht stört, weil ich grad penne,
und zwar auf seiner Auerhenne.

Der Hase sitzt in seinem Strauche,
die Häsin rubbelt ihn am Bauche.
Springt der Hase durch den Klee,
steht sein Schwänzchen in die Höh'.

Ein Seehund und 'ne Bisamratte,
die saßen auf 'ner Marmorplatte.
Und dieser geile Seehund hatte
'ne riesengroße Seehundlatte.
Da fragte er die Bisamratte,
ob sie es ihm einmal gestatte.
Jedoch am Ende von der Platte,
da saß der Bisamrattengatte.

Sprüchebeutel

Sinnsprüche

Sex macht sinnlich. Macht es auch Sinn? Unsere Großeltern haben ihre ganze unsittliche Erfahrungswelt überprüft und sich das Beste auf die Kalender geschrieben oder hinter die Ohren. Zum Glück ist keine Antwort darunter. So können wir Zeitgenossen weiter hoffen auf poetische Frustbewältigung an den Stammtischen und an den Toilettenwänden.

Kalender

Januar
Im Januar ist's hundekalt,
beim Nuttchen macht der Kunde halt.

Februar
Schön ist der Damen Rosenrand,
der Daumen spielt am Hosenrand.

März
Im Märzen der Bauer die Rösslein einspannt,
mit Zittern wird manches Möslein berannt.

April
Was eine Frau im Frühling träumt,
das hat der Mann im Bett versäumt.

Mai
Legst du mich im Mai,
komm ich eins, zwei, drei.

Juni
Wer Mädchen ohne Höschen malt,
der macht nicht vor dem Möschen halt.

Juli
Frauen, die die Wimpern pinseln,
gern auch mal beim Pimpern winseln.

August
Sie hat ihn am Schwanz gezogen,
nun ist das Ding ihm ganz verbogen.

September
Der Steiger mit der Frau Typ Waage
befährt gern ihre Schachtanlage.

Oktober
Im Sommer schickte man sich Röschen.
Was bleibt im Herbst? Ein ranzig Höschen.

November
Polente liegt auf Liebeslauer,
Potenz bestimmt die Liebesdauer.

Dezember
Intakt muss meine Strippe sein,
Inzest hält die Sippe rein.

Liebe, Treue und Hass

Leiht dir ein Mädel seine Huld,
dazu das Loch, aus dem sie pullt,
zu unentgeltlichem Betriebe:
Das ist Liebe.

Wird dann ihr Ding im Lauf der Zeit
durch den Gebrauch etwas zu weit,
trotzdem nimmst du dir keine Neue:
Das ist Treue.

Hast du mal eine Chansonette
durchgezogen mit Sekt im Bette
und dieses Luder scheißt dir was:
Das ist Hass.

Schwesternehre

Zwölf Schwestern stritten um die Wette,
wer die beste Pforte hätte.

Die Meine hat viel Honig,
das macht der rote König.

Die Meine lässt sich bürsten,
von Grafen und von Fürsten.

Die Meine ist von seltner Art,
ihr läuft der Fruchtsaft durch den Bart.

Die Meine ist ein Mandelkern,
wer sie anfasst, vögelt gern.

Die meine ist wie Butter weich,
wer sie sieht, dem spritzt er gleich.

Die Meine ist ein Lorbeerkranz,
vögeln kann sie jeder Schwanz.

Die meine ist bewachsen
wie der Flachs in Sachsen.

Die Meine ist nicht gar so klein,
drei Schwänze passen gut hinein.

Die Meine ist ein tolles Luder
jeder Schwanz ist gleich ihr Bruder.

Die Meine ist ein Tausendsass,
beim ersten Stoß wird sie schon nass.

Die Meine zittert stundenlang,
da wird es manchem Schwänzler bang.

Die Meine ist das Meisterstück,
nach jedem Stoß gibt's drei zurück.

Verlustanzeige

Oh, welch Malheur,
meine Unschuld
hab ich nicht mehr.
Hab sie verschenkt,
meinem Schatz
an den Pimpel gehängt.

Biblisches

Paulus schrieb an die Korinther:
Vögelt wie die Bürstenbinder!
Paulus schrieb an die Galather:
Wer nicht fickt, der wird nicht Vater.
Paulus schrieb an die Philipper:
Kann nicht kommen, habe Tripper.

Klassisches

Goethe sagt zu Schiller:
Mein Arsch ist keine Triller!
Schiller sagt zu Goethe:
Mein Arsch ist keine Flöte.
Doch stehen sie nun Arsch an Arsch
und spielen den Radetzkymarsch.
(Denkmal in Weimar)

Ein Schwänzlein eilt durch Nacht und Wind,
es sucht ein Löchlein ganz geschwind.
Es freut sich und es flutscht hinein,
wie ist es schön, ein Schwanz zu sein!
(nach Goethe, Erlkönig)

Ach, wie so trügerisch sind Weiberherzen,
sind keine Männer da, nehmen sie Kerzen.
(nach Verdi, Rigoletto)

Bayrisches

Runter mit der Hos', nauf mit´m Rock,
nei mit'm Pommeranzenstock.
Wackla derf er net, steif muss er sei,
sonst goht er net nei.

Schwäbisches

Ein Mädel, die kein Pumperl hat,
die mag ich gar nicht haben.
Und wenn sie tausend Taler hat,
ein Pumperl muss sie haben.

Fränkisches

Wenn ich jetzt dran denk',
wie er mir nunter hängt,
wie er mir sonst gestanden is,
könnt' ihn rausreiß',
könnt' ihn wegschmeiß',
könnt' ihn treten mit de Füß'.

Thüringisches

Mei Vader heeßt Hans;
meine Mutter heeßt Reese,
mei Vader hat'n Schwanz,
meine Mudder 'ne Meese.

Pastors Magd ist kugelrund,
die Meese hat wohl achtzehn Pfund.
Es gehen drei Eimer Wasser rein,
was muss das für' ne Meese sein!

Rau ist der Bauch,
rau ist der Schlauch.
Rau ist die bitschebambumsvallera
tirallala, tirallala.

Sächsisches

Ein altes Weib das bucklig ist,
das fickt man von der Seite.
Und wenn sie dann noch Kinder kriegt,
dann lachen alle Leute.

Plattdeutsches

Möller, Möller mole,
wenn der Wind good geiht,
mäken lot die vögeln,
wenn de Hohn good steiht.

Mäken, lot di vögeln,
ick bin ut de Stadt,
ick hof eenen gooden,
rauen nauen Sack.

Österreichisches

I gib da mei Nudl,
mei Beutel dazua.
Wenn die Fut des alles frisst,
hat's ihr Lebtag genua.

Sprichwörtliches

Alter Wein und junge Weiber,
sind die besten Zeitvertreiber.

Maiglöckchen blühen auf dem Anger,
vom Talglicht wird kein Mädchen schwanger.

Die Gartenbank, so klein und schmal,
dem Geilen ist das ganz egal.

Im Kino schleicht des Geilen Hand,
dem Madel an den Unterstand.

Gierig sprach die alte Hex,
heut' machen wir Karnickelsex.

Der Hund sich auf der Straß´ begattet,
doch uns ist so was nicht gestattet.

Der Bär tut's öffentlich im Zwinger,
der Backfisch heimlich mit dem Finger.

Der Ginster blühet auf der Heide,
dein Schwanz ist eine Augenweide.

Wenn die Nonnen schmachten in den Klostern,
dann ist Ostern, dann ist Ostern.

Merksprüche

Siegfrieds Speer im Lasterlöchlein, die Hand des Nikolaus an des Christkinds Titten. Trieben es unsere Großeltern vielleicht zu weit? Trieben sie damals mit ihren Trieben ins Trübe? Wenigstens diese Entschuldigung muss gelten: Ihren Merksprüchen ist abzulesen, dass sie Kulturgut und Kinderstube nicht vergaßen, wenn sie sich treiben ließen.

Kindermund

Kein Po und kein Tittchen,
Sieht aus wie Schneewittchen.

Auch Dornröschen
Trug kein Höschen

Mach kein Getöse,
zeig deine Möse.
Mach keinen Tanz,
zeig deinen Schwanz.

Fehlkonstruktion

Ein Weib ohne Fut
ist ein Feuer ohne Glut.
Ein Kerl ohne Schwanz
ist ein Stern ohne Glanz.

Vorsorge

Ein ordentlicher Mann
hat Hosenträger an.
Im Falle eines offnen Stalles
verliert er nicht gleich alles.

Besuch

Und das Fräulein Edeltraud
hatte noch die Jungfernhaut.
Da kam vom Lande der Cousäng –
Peng!

Spieltrieb

Meine Mutter sagt immer,
ich würd' immer schlimmer,
nur weil ich mit dem Finger
rummurkse an de Dinger.

Angebot

Schwester, wer tut's dir,
wenn ich dir's nicht tu?
Wer putzt dir den Kessel
und schmiert dir die Schuh?

Bittsteller

Die Haustürklingel an der Wand,
einen Busen in der Hand,
das sind zwei Dinge,
nicht verwandt.
Doch egal, was man berührt,
jeder spürt,
dass da unten einer steht,
und um Einlass fleht.

Volltreffer

Ritter Siegfried warf den Speer,
doch er fand ihn nimmermehr.
Denn der steckte ganz präzise
in der Jungfer Anneliese.

Mangelerscheinung

Gottverdammich, spricht der Schmied
als er seinen Sack besieht,
keine Haare, keine Wolle,
nur ne rot gewichste Knolle.

Wunschzettel

Lieber guter Weihnachtsmann,
sieh mich nicht so böse an.
Steck mir deine Rute ein,
ich will dabei auch artig sein.
Dein Christkind

Adventsex

Wenn's Niklaus mit der Rute treibt,
das Christkind sich am Schlitten reibt,
Knecht Ruprecht mit Maria pennt,
dann sind wir mitten im Advent.

Winterfreuden

Knecht Ruprecht und der Nikolaus,
die ziehen ihre Hosen aus.
Sie liegen auf dem Rentierschlitten
und spielen mit des Christkinds Titten.

Spätfolge

Liebe Hebamm', was ist das?
In meinem Bauche zappelt was!
Kind, das kann ich dir gleich sagen:
Hast bei deinem Schatz geschlafen,
hast dein Hemdchen hochgeschoben
und sein Schwänzchen 'reingeschoben.

Dingliches

Das Mädchen ist ein Ding,
das selbst ein Ding besitzt,
und ohne dieses Ding
der ganzen Welt nichts nützt.
Und wird zu diesem Ding
ein andres Ding gebracht,
dann kommt aus diesem Ding
ein Ding, das neue Dinger macht.

Rückfall

Als mir mein holdes Mägdelein
der Liebe Folge eingesteht,
da hab ich meinen Hosenlatz
verflucht und zugenäht.
Doch als die Grete hat geflennt,
hab ich ihn wieder aufgetrennt.

Körperpflege

Ficken, ficken ist gesund,
macht das Bäuchlein dick und rund.

Ritterschlag

Und der Ritter Kunibert
hatte ein sehr scharfes Schwert,
schlug die Gegner in zwei Stück,
bis runter ins Familienglück.

Märchenszenen

Gretel traut kaum ihren Blicken:
Hänsel muss die Hexe ficken.
Für Rotkäppchen ist's auch zum Weinen,
Oma bläst dem Wolf grad einen.

A!

August, bitte, lass das!
August, bitte lass!
August, bitte!
August!
Au!
A!

Einsprüche

Sex mit Garantie, das gibt es nie: der falsche Partner, der falsche Zeitpunkt, das falsche Bett. Oder das richtige Bett und der falsche Partner und sowieso keine Zeit. Und so weiter. So hat ein kleiner Spruch immer etwas Tröstliches.

Sinneswandel

Komm, mein Schatz, wir trinken Limonade,
für ein Schwarzbier bist du mir zu schade.
von der Liebe hast du keine Dunst,
und den ganzen Sonntag hast du mir verhunzt.

Zurechtweisung

Lass das, ich hass' das,
Ich hab' schon wen, der macht das.

Ablehnungsgründe

Kondom vergessen.
Andre Interessen.
Chérie, du hast im Sand gesessen.

Wunschtraum

Im Bett die Hausfrau pudelnackt
den Hausfreund bei der Nudel packt.
Und seufzt ganz leis' im Himmelbett:
Wenn doch mein Mann so'n Pimmel hätt'.

Selbsthilfe

Nach dem Essen sollst du rauchen
oder eine Frau gebrauchen.
Hast du beides nicht zur Hand,
wichs dir einen,
das entspannt.

Kleine Unterschiede

Was männlich ist, geht aus auf -ak
Wie Kognak, Arrak, Hodensack.
Was weiblich, endet meist auf -ieze
wie Mieze, Pieze, Tripperspríetze.

Was Milch gibt, das ist feminin,
was Eier trägt ist maskulin.
Als Ausnahm' merke dir genau:
der Milchmann und die Eierfrau.

Irrläufer

Ein Rad, das nicht läuft,
ein Lehrling der nicht säuft,
ein Mädchen das nicht stille hält,
gehören nicht auf diese Welt.

Trinksprüche

Der Alkohol als Mutmacher – das wusste schon Shakespeares lebenslustiger Falstaff zu schätzen, der so gern die lustigen Weiber von Windsor vernaschte. Hoch die Tassen, hoch die Frauen, hoch die Liebe, trallala! Die Schelmengestalten dieser Sorte sind nie ausgestorben und haben immer wieder die Freunde von Saufgelagen mit neuem Reimgut erquickt.

Sexklang

Es lebe die Liebe,
der Wein und der Suff,
Der uneheliche Beischlaf,
der Papst und der Puff.
Prost!

Tapferkeit

Wer seines Liebchen dunkle Grotte
mit wilder Samenlust erquickt,
wer eine ganze Hurenrotte
mit steifem Schwanz im Stehen fickt,
wer ludert, dass die Eier rasseln,
die kalten Bauern nur so prasseln,
die Möse wie Champagner schäumt,
der Pimmel sich gen Himmel bäumt,
wer vögelt, dass der Hintern kracht,
dem sei das erste Glas gebracht!
Prösterchen!

Dankbarkeit

Schwer dauert mich der Auerhahn,
der im April nur balzen kann,
und nur zwei Wochen, armes Reh,
hast du im Sommer Liebesweh.
Und auch das Schwein, jahraus, jahrein,
hat nur zur Brunftzeit Liebespein.
Jedoch der Mensch, o welch Entzücken,
er kann das ganze Jahr durch ficken.
Ob Sommer, Winter, Herbst, ob Lenz
Gott schütze uns vor Impotenz.
Prosit!

Selbstmitleid

Alte Männer, grau und weise
werden hundert Jahre alt.
Ihre Weiber sind verstorben,
die Geschlechtskraft ist verdorben.

Nicht mehr in dem hohen Strahle,
treffen sie die Urinale.
Nein, in aller Seelenruhe
pinkeln sie sich auf die Schuhe.

Dass es uns nicht so ergehe,
dass er ewig wehrt und stehe,
dazu gebe uns die Kraft
dieser edle Gerstensaft.
Prostata!

Nachspiel

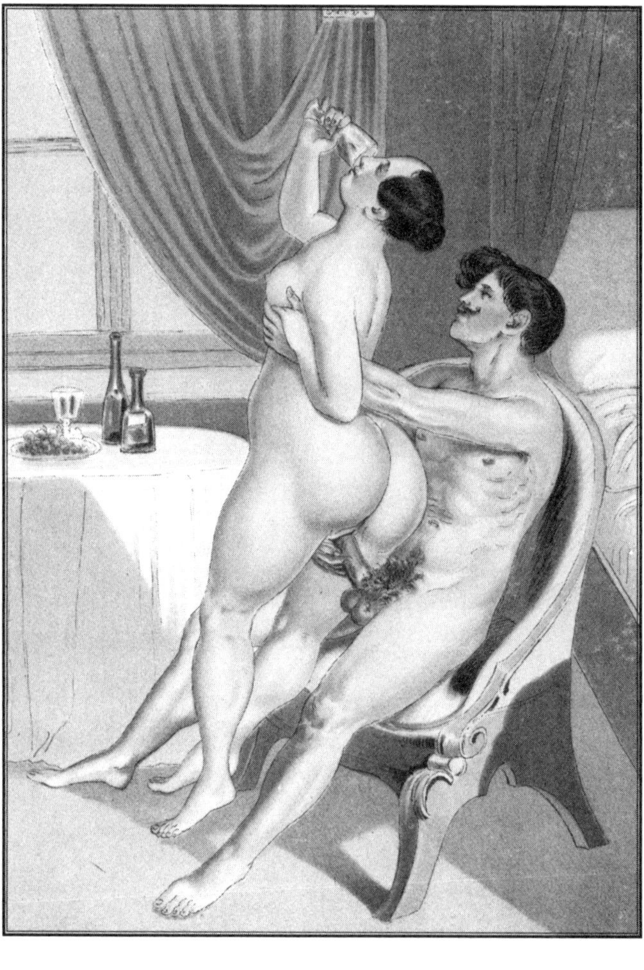

Volkswitze

Der Erzähler von sexuellen Witzen balanciert auf dünnem Seil über dem stinkenden Sumpf der Unmoral. Bevor er ansetzt, schaut er sich erst mal um, ob weibliches Publikum sich außer Hörweite befindet. Dann folgt dröhnendes Gelächter. Zotet eine Frau, dann wispert sie, und die Lauscherinnen kichern nur leise oder prusten. Darf man also Witze überhaupt aufschreiben? Ein Rat für empfindliche Augen: Hier nicht weiterlesen!

Treffen sich drei Stammtischbrüder, sagt der erste: Meine Frau ist vielleicht blöd. Kauft sich einen Herd und kann überhaupt nicht kochen.
Sagt der zweite: Meine ist noch doofer. Kauft sich ein Auto und hat keinen Führerschein.
Meldet sich der Dritte: Meine ist die dümmste. Kauft sich fünfzig Kondome, reist nach Paris und hat keinen Pimmel.

Die ältere Schwester zur Jüngeren: Weißt du schon, dass Sex etwas Heiliges ist?
Wieso?
Zuerst wird man aufs Kreuz gelegt, dann genagelt, und am Ende ruft man: O Gott, ich komme!

Treffen sich eine Engländerin, eine Französin und eine Russin und übersetzen das Wort Schwanz. Die Engländerin: Wir nennen ihn Gentleman, denn er erhebt sich vor jeder Frau. Die Französin: Wir nennen ihn Gerücht, denn er geht von Mund zu Mund. Die Russin: Wir nennen ihn Partisan, denn man weiß nicht, ob er von vorn oder von hinten kommt.

Nachfrage unter Freunden: Ich habe mit meiner Frau nicht geschlafen, bevor wir geheiratet haben. Und du?
Weiß ich nicht. Wie war doch mal ihr Mädchenname?

Zwei Männer in der Eisenbahn: Entschuldigung, aber kann es sein, dass Sie onanieren?
Ja, warum? Stört Sie das?
Keineswegs, aber Sie müssen von jetzt an den Ihren nehmen, ich steige an der nächsten Station aus!

Mariejellsche aus Ostpreußen sucht Rat bei ihrer Freundin: Klingelt letzten Monat ein Mann, morjens um halb zehn, und fragt, ob mein Mann da ist. Natürlich nicht! Schiebt er mir ins Schlafzimmer und nimmt mir Maß. Kommt er vorige Woche wieder, fragt wieder und ich – die gleiche Antwort. Nimmt er mir wieder vor. War er jestern wieder da – und es passiert dasselbe. Nu frage ick mir: Wat hat der von meinem Mann jewollt?

Fragt ein Damenschenkel den anderen: Gehen wir heute Abend aus?
Sagt der andere: Klar, wenn nichts dazwischen kommt!

Gewissensfrage: Wie viele Tiere braucht eine Frau?
Antwort: Vier!
Einen Hengst fürs Bett.
Einen Nerz im Kleiderschrank.
Einen Jaguar vor der Tür.
Und einen alten Esel, der das alles bezahlt.

Kommt ein Mann in einen Blumenladen. Ich hätte gerne einen Strauß Blumen, weiß aber nicht, welche Sorte. Die Verkäuferin rät:
Schenkst du ihr Rosen, wird sie dich kosen!
Schenkst du ihr Narzissen, wird sie dich küssen!
Schön, sagt der Mann, dann hätte ich gerne einen Strauß Wicken!

Eine Omi vor einem Kinderwagen: Süß, der Kleine! Wie geleckt!
Die Mutter wird rot: Na ja, ein bisschen Sex war auch dabei!

Ein Ehemann kommt früher als geplant von einer Geschäftsreise nach Hause. Als er aus dem Auto steigt, sieht er vor seinem Haus zwei Kerle stehen und fragt: Was geht hier vor? Daraufhin dreht sich einer um und sagt: Nix vor. Erst Luigi, dann ich und dann du.

In einem Toreingang steht spät abends ein leichtes Mädchen, Rock hoch, Höschen auf Halbmast und raucht. Kommt ein Polizist vorbei und fragt erstaunt:
Was machen Sie denn hier?
Schaut sich das Mädchen um und flötet:
Oh, ist er schon weg?

Zwei junge Leute nachts im Hausflur. Er hat kein Kondom dabei und sie sträubt sich wortreich. Plötzlich geht das Licht im Treppenhaus an. Missgelaunt und verschlafen erscheint die Schwester der Keuchenden in der Tür und lispelt: Papa sagt, dann blas' ihm doch einen. Wenn nicht, kann auch Mama runterkommen oder ich. Wenn es ihm lieber ist, kann ich die Nutte vom sechsten Stock holen. Aber um Gottes willen, sag' dem Typen, er soll seine Hand von der Sprechanlage nehmen.

Sonntagnachmittag. Die Eltern haben sich ins Schlafzimmer zurückgezogen. Sie sitzt auf seinem Schoß. Plötzlich klappt die Tür und ihr Kind erscheint. Die Mutter versucht zu erklären.
Weißt du, ich massiere gerade Papas Bauch weg.
Antwortet das Kind: Aber das hilft doch nichts. Mittwochs kommt immer Tante Ute und bläst ihn wieder auf.

Treffen sich drei Männer, sagt der erste: Ich glaube, meine Frau hat mit einem Installateur geschlafen.
Wie kommst du denn darauf?
Unter dem Nachttisch lag Installateurwerkzeug.
Sagt der zweite: Ich glaube, meine Frau hat mit einem Maler geschlafen. Unter meinem Nachttisch lag ein Pinsel.
Sagt der dritte: Ich glaube, meine Frau hat mit einem Pferd geschlafen.
Wie das?
Unter meinem Bett lag ein Jockey.

Sekretärinnen in Pausengespräch. Fragt die eine: Sagst du eigentlich deinem Mann, wenn du einen Orgasmus hast? Darauf die andere: Nein, er mag es nicht, wenn ich ihn im Büro anrufe!

Die Sekretärin: Herr Direktor, ich habe eine neue Stellung.
Er: Prima, schließen Sie die Tür ab!

Im Vorzimmer des Chefs hocken drei Sekretärinnen. Sagt die eine: Ich habe gestern im Schreibtisch des Chefs ein Kondom gefunden. Sagt die zweite: Und ich habe ein Loch reingestochen. Sagt die dritte: Oh, ich glaube, mir wird schlecht.

Der Chef zu seiner Sekretärin: Mein Angebot von gestern steht noch.

Aschermittwoch. Fragt eine Sekretärin die andere: Als was warst du denn auf dem Kostümball?
– Als Schlange. Ich hab mich ganz schön durchgeschlängelt! Und als was warst du?
– Als Vogel. Ich hab mich ganz schön – also, das Gleiche wie bei dir.

In der Deutschstunde wird der Gebrauch der bestimmten Artikel durchgenommen. Schreibt der Lehrer den Satz an die Tafel: Meine Schwester kriegt ein Kind. Und sagt: Formt daraus einen Satz mit dem richtigen Gebrauch von der, die oder das. Meldet sich einer aus der letzten Reihe und sagt: Ich kenne den, der die das gemacht hat.

Dann sind die Adverbien dran. Die Schüler sollen Sätze mit immerhin bilden. Ein Schüler meldet sich: Gestern hat meine Mutter die Nachbarin geohrfeigt. Der Lehrer: Nanu, was hat das denn mit immerhin zu tun. Antwort: Zu der geht mein Vater immer hin.

Neue Übung: Der Gebrauch des Semikolon. Vorgegeben zur Erweiterung ist der Satz: Meine Schwester ist schön. Formuliert derselbe Schüler: Meine Schwester weiß, dass sie schön ist. Sagt der Lehrer: Das ist nur ein Komma, also ein Strich. Wir reden aber heute über den Strichpunkt. Ach so, sagt der Schüler, und setzt noch einmal an: Weil meine Schwester schön ist, geht sie auf den Strich. Punkt!

Hausaufgabe. Die Kinder sollen einen Vogel malen. Sagt die Lehrerin in der nächsten Stunde zu einem Schüler: Aber dein Vogel hat ja keine Beine und auch keinen Schwanz.
Fängt der Junge an zu heulen: Als ich Mama gefragt habe, wo bei Vögeln die Beine hingehören, hat sie mir eine geknallt. Da wollte ich nach dem Schwanz erst gar nicht fragen!

Meldet sich ein Schüler im Geografie-Unterricht: Was war denn so Besonders an dem Ei des Kolumbus? Und wieso hatte er nur eins?

Bayrische Kinder schreiben einen Aufsatz über die kommende Ferienreise. Einer fragt die Lehrerin: »Ich müsst nur wissen, wie schreibt man Sex, Genitalien, Sperma und Vorhaut? Die Lehrerin fragt, was das soll. Der Schüler liest ihr den ganzen Satz vor: Am Montag morgen um sex voama gen italien. Den Hund sperma in Kofferraum, dass es ihn beim Bremsen nit vorhaut.

Abitur, mündliche Prüfung. Der Schuldirektor bei der Zeugnisvergabe zur Gymnasiastin: Von Tuten und Blasen keine Ahnung!
Sie: Was ist denn das – Tuten?

Sitzen vier Ärzte beim Stammtisch.
Steht der Augenarzt auf und sagt: Ich gehe jetzt. Man sieht sich.
Sagt der Ohrenarzt: Ich komm mit. Wir hören voneinander.
Sagt der Urologe: Ich glaub, ich verpiss mich auch.
Sagt der Frauenarzt: Grüßt eure Frauen. Ich schau mal wieder rein.

Ein Psychologe macht einen Persönlichkeitstest mit einem jungen Mann. Er zeichnet einen senkrechten Strich und fragt: Woran denken Sie dabei?
An nackte Mädchen, sagt der junge Mann.
Der Psychologe zeichnet einen Kreis. Und woran denken Sie jetzt?
An nackte Mädchen.
Nun zeichnet der Psychologe einen Stern: Und dabei?
An nackte Mädchen natürlich.
Der Psychologe legt den Bleistift aus der Hand. Ich habe den Eindruck, nackte Mädchen sind eine fixe Idee bei Ihnen.
Bei mir? Wer hat denn all diese Sauereien gezeichnet?

Nachdem sie monatelang keinen Sex mehr hatten, schickt ein Mann seine Frau zum Arzt. Der fragt, wie das Problem begonnen hat. Sie: Seit ich ohne Geld mit dem Taxi zur Arbeit fahre. Jedes Mal fragt mich der Fahrer, ob ich aussteigen will oder? Ich entscheide mich für oder.
So komme ich zu spät zur Arbeit und mein Abteilungsleiter fragt mich, ob er das jetzt eintragen solle oder? Wieder entscheide ich mich für oder. Auf dem Heimweg wieder der Taxifahrer, dieselbe Situation, und so kommt es, dass ich abends immer total übermüdet bin.
Darauf der Arzt: Soll ich ihrem Mann das genau so erklären oder?

Kommt eine Nymphomanin zum Psychiater. Sagt der: Legen Sie sich bitte auf die Couch.
Sie: Woher wissen Sie denn schon, was mir fehlt?

Eine Frau lässt sich beim Arzt ein Pulver geben, das ihren Mann im Bett wieder fit machen soll. Statt einer kleinen Dosis, schüttet sie gleich alles in sein Essen. Als sie den Arzt später auf der Straße trifft, fragt dieser nach der Wirkung.
Er war stürmischer denn je, antwortet sie. Er fiel schon nach der Nudelsuppe über mich her.
Und warum tragen Sie immer noch dieses unzufriedene Gesicht?
Herr Doktor, die Sache hatte einen Haken. In diesem Lokal können wir uns nie wieder sehen lassen.

Eine Frau in der Apotheke fragt: Führen Sie extra große Kondome?
Ja, entgegnet der Apotheker, wollen Sie welche haben?
Nein, aber macht es Ihnen was aus, wenn ich hier warte, bis sie jemand kauft?

Ein Kunde beschwert sich: 50 Kondome habe ich gekauft, aber beim Nachzählen waren nur 49 in der Packung. Die Apothekerin: Da werde ich Ihnen hoffentlich nicht das Wochenende verdorben haben.

Eine Frau beim Anwalt: Ich will mich scheiden lassen.
Ja, ja. Und der Scheidungsgrund?
Ach, mein Mann ist 300 Prozent impotent.
Sie wollen sagen, 100 Prozent impotent, korrigiert der Anwalt.
Nein, 300 Prozent!
Ja, was meinen Sie denn damit?
Ich meine, dass er schon immer total impotent war. Aber gestern ist er über den Teppich gestolpert, hat sich die Finger gebrochen und dabei noch die Zunge abgebissen.

Ein Anwalt bekommt Post von seiner Klientin: Bitte, Herr Anwalt, sorgen Sie dafür, dass ich sofort geschieden werde. Ich halte das nicht mehr aus. Mein Mann lässt mir keine Ruhe. Nicht beim Bügeln, nicht beim Essenkochen, nicht beim Fernsehen, nicht auf dem Klo. Und bitte entschuldigen Sie die krakelige Schrift.

Ein Leutnant und ein Gefreiter beim Friseur. Der Frisör fragt: Haarwasser, Herr Leutnant?
Nee, nee, lassen Sie das mal, wenn ich so dufte, denkt meine Frau, ich war im Puff.
Sagt der Gefreite: Mir können sie das Wasser ruhig drauf tun, meine Frau riecht auch so.

Musterung in der Lüneburger Heide. Splitternackt steht der Bauernsohn vor dem Stabsarzt und erklärt, er leide an Sehschwäche. Der Arzt ballt die Hand zu einer Faust und fragt: Was sehen Sie?
Nichts, antwortet der Bauernsohn.
Winkt der Arzt eine Feldschwester herbei, knöpft ihr die Bluse auf und wiederholt: Was sehen Sie?
Immer noch nichts, Herr Stabsarzt!
Also, Mann, ihre Augen sind ja möglicherweise im Eimer, aber ihre Handfeuerwaffe zeigt stramm in Richtung Kaserne.

Striptease in der Kaserne und tosender Applaus. Aber als dann auf der Bühne die letzten Hüllen fallen, tritt Totenstille ein. Was ist? fragt die Nackte in die Runde. Gefällt euch das nicht? Ächzen mehrere Stimmen gleichzeitig: Natürlich, aber klatsche du mal mit einer Hand.

Der Graf kommt vom winterlichen Ausritt zurück und liest vor dem Schloss die in den Schnee gepinkelten Worte: Willkommen, Exzellenz.
Wer war das, fragt er entzückt.
Ich, Herr Graf, antwortet Diener Johann.
Nanu, wundert sich der Graf, ich dachte, er kann gar nicht schreiben.
Jawohl, Herr Graf. Aber die Frau Gräfin haben ja geführt.

Die Gräfin bekommt von einer Fee drei Wünsche frei. Sagt die Blaublütige: Ich möchte ein neues Schloss haben; ich selbst will wieder jung und schön sein, und der Kater dort am Kamin soll in einen hübschen Prinz verwandelt werden.
Alles geht in Erfüllung. Die Gräfin sitzt mit ihrem Prinzen am Kamin und haucht: Liebling, was machen wir jetzt?
Weiß ich nicht, antwortet der Prinz, leider hast du mich vor vier Wochen kastrieren lassen.

ꟹ *Der Graf zur Gräfin:* Mein Schatz, um unsere Einkünfte steht es schlecht. Warum lernst du nicht kochen und wir feuern den Koch?
Darauf die Gräfin: Ja, klar! Und du lernst ficken und wir feuern den Chauffeur!

ꟹ *Ein evangelischer und ein katholischer Geistlicher* gehen in den Puff. Der Evangelische kommt wieder raus und sagt: Boah, die ist aber besser als meine Frau.
Geht der Katholische rein, kommt nach zehn Minuten wieder raus, und sagt: Yo, hast recht!

ꟹ *Eine Nonne gesteht dem Bischof,* dass sie schwanger ist.
Fragt der Gottesmann väterlich: Na, kleiner Fehltritt?
Darauf die Nonne: Nein, Kardinalfehler!

ꟹ *Eine Nonne reist per Anhalter.* Die Hand des Fahrers nähert sich ihrem Knie.
Da flüstert die Nonne: Psalm 90, Vers 5!
Irritiert zieht der Fahrer die Hand zurück. Zu Hause schlägt er in der Bibel nach und liest: Du bist auf dem richtigen Weg.

Eine Nonne macht Autostopp. Unterwegs fragt der Fahrer: Wie heißen Sie?
Innozenzia, und Sie?
Ich heiße wie das, was Sie am liebsten zwischen den Fingern haben.
Die Unschuldige schweigt. Beim Aussteigen sagt sie: Auf Wiedersehen, Herr Schwanz.
Der Fahrer korrigiert: Mein Name ist Rosenkranz.

Im Beichtstuhl. Der Pater hinter dem Gitter fragt die Sünderin: Meine Tochter, hast du auch Analverkehr? Sie stammelt, weil sie das Wort nicht kennt, und verspricht, das nächste Mal genauere Auskunft zu geben.
Kommt der Sohn, der sonntags in der Kirche den Ministranten macht, aus der Schule, und erzählt, dass sie heute neue Fremdwörter gelernt haben. Die Mutter erhofft sich Aufklärung: Sag' mal, was gibt's für Analverkehr?
Antwortet der Sohn: Verschiedenes. Manchmal Schokolade, manchmal Schelte. Manchmal bisschen Taschengeld aus dem Opferstock, meistens aber gar nichts.

Die Oberin kommt ins Refektorium und fragt verwundert die anwesenden Nonnen: Warum sitzt ihr denn alle auf der Heizung?
Ach, wir haben gehört, dass die Heizung leckt ...

Hundert Nonnen im Kloster. Die Oberin erscheint. Bei uns wurde eingebrochen!
Neunundneunzig Nonnen: Ohhhh! Eine: Hihihi!
Die Oberin: Es war ein Mann.
Neunundneunzig Nonnen: Ohhhh! Die eine: Hihihi!
Es wurde ein Kondom gefunden!
Neunundneunzig Nonnen: Ohhhh!, die eine: Hihihi!
In dem Kondom war ein Loch.
Neunundneunzig Nonnen: Hihihi! Die hundertste: Ohhhh!

Rätselecke

Irren ist menschlich, das gilt im Reich der Begierde allemal. Sexrätsel erfreuen sich daher großer Beliebtheit. Es ist ein Spiel mit roten Ohren und verschämten Seitenblicken. Gern formuliert der Volksmund auch schon mal Aufbauendes für die allfälligen Aufklärungsgespräche im Kinderzimmer.

Irrtümer

Morgens will sie ihn schon spüren,
mit den Lippen zart berühren,
blasend an die Lippen führen.
Heiß fließt es dann in sie hinein,
ja so ein Kaffee, der ist fein!

Als er ihren Hals berührte,
ihren Mund zu seinem führte,
ihren Saft schon kommen spürte –
oh, wie lechzte er nach ihr,
der geliebten Flasche Bier.

Ich wollte mal und konnte nicht
und hatt' ihn in der Hand.
Da bin ich vor Verzweifelung
im Zimmer rumgerannt.
Ich wollte mal und konnte nicht,
das Loch war viel zu klein,
es passte nicht der Kragenknopf
ins Oberhemd hinein.

Was ist das?

Ringsrum Haare, Gott bewahre,
dass kein böses Ding rein fahre.
Was ist das?
(das Auge)

Sie liegt unten, er liegt oben,
und nach Noten wird geschoben.
Was ist das?
(Geige und Bogen)

Hemd und Kugel und Mädchen,
wie reimt sich das zusamm'?
Das Hemd das tut man bögeln,
mit der Kugel tut man kögeln,
mit dem Mädchen tut man – – –
Wie reimt sich das zusamm'?

Wiesenidyll

Ein Mädchen saß auf einer Wiese
und zog an einem Ding,
das zwischen Po und Beinen
an einem Säckchen hing.

Sie zog und zog es länger,
bis sich ein Strahl ergoss,
der zwischen ihren Schenkeln
in eine Öffnung floss.

Es war die Magd,
sie molk die Kuh.
Du altes Schwein,
was dachtest du?

Wer hat den Dicksten?

Wer hat den dicksten,
wer hat den dicksten,
wer hat den dicksten
Mann der Welt gesehn?

Der konnte wichsen,
der konnte wichsen,
der konnte wichsen
seine Sonntagsschuh!

Der konnte Vögeln,
der konnte Vögeln,
der konnte Vögeln
frisches Wasser geben.

Der machte Kinder,
der machte Kinder,
der machte Kinder-
spielzeug aus Papier.

Beim Schneider

Sie, meine Kleine, haben Sie eine?
Ja doch, mein Herr; ich habe eine.

Ich weiß nicht, ob sich das wird schicken,
ich habe nur einen langen dicken.

Sie brauchen sich dabei nicht zu verletzen,
wenn sie richtig am Loch ansetzen.

Es müsste doch des Teufels sein,
wenn er nicht ging' hinein.
(der Faden ins Nadelöhr)

Das zarte süße Etwas

Mein Liebchen hat ein Etwas,
das ist so zart und süß.
Und dieses kleine Etwas,
das ist ein Paradies.

Ich will nur nicht behaupten,
dass sie allein es hat;
es hat ein jedes Mädchen
im Dorf und in der Stadt.

Die eine hat's für viele,
die andre hat's für sich.
Da lob ich mir mein Mädchen,
die hat es nur für mich!

Und dieses kleine Etwas
das ist ihr Rosenmund.
Und wer was andres dachte,
der ist ein Schweinehund.

Mariechens BH

(nach der Moritat: Mariechen saß weinend im Garten)

Mariechen lag einsam im Garten,
am Pflaumenbaum hing ihr BH,
und alle die andern Textilien,
die lagen im Grase da.

Die Sonne, die schien vom Himmel,
die Luft war so lau und lind.
Es wehte am Gartenzaune
ihr Höschen im Sommerwind.

Da sah ein einsamer Wandrer
das Höschen verlockend wehn.
Er schlich sich ganz heimlich näher,
es sollte ihn niemand sehn.

Mariechen lag im träumend Grase
und räkelte sich wie ein Kind.
In ihren gekräuselten Haaren,
da spielte der Sommerwind.

Der Wandrer kam barfuß gekrochen,
Begierde stand ihm im Gesicht.
Er war nun am Ziel seiner Wünsche,
Mariechen merkte es nicht.

Da stahl der Verruchte vom Zaune
das Höschen mit leichter Hand.
Er brauchte es für seine Socken,
da fehlte Gummiband.

Gretchens Irrgarten

(Der Name Gretchen reimt sich im Sächsischen auf Breedchen, also Brötchen)

Neulich abends zeigt mir Gretchen
ganz verrückt ihr kleines –
Ledertäschchen an der Hand,
das ich ganz entzückend fand.

Kürzlich erst bei einem Tanze
griff sie gleich nach meinem –
schwarzkarierten Taschentuch,
das ich in der Hose trug.

Sprach sodann mit feuchten Blicken:
Dafür kannst du mich mal –
finden, wo die Linden stehn
und mit mir spazieren gehn.

Zugabe

Hanswurst Hochzeit oder der Lauf der Welt

Schon die Klassiker spürten gelegentlich ein Jucken in der Hose und nicht immer begnügten sie sich bei ihren erotischen Ausflügen mit der Beschreibung von wallenden Busen. Hier ein Textstück aus dem Entwurf des jungen Johann Wolfgang von Goethe für ein deutsches Lustspiel, das zu schreiben er aber lebenslang nicht den Mut (oder nicht die Erfahrung) aufbrachte. Das Personenverzeichnis dieses unvollendeten Lustspiels ist lang. Die Namenswahl beweist, dass heutiges schlüpfriges Vokabular dem Autor vor schon 240 Jahren geläufig war:

Ursel mit dem kalten Loch, Tante
Hans Arsch von Rippach
Matzfoz von Dresden.
Reckärschgen / Nichten
Schnuckfözgen / Nichten
Herr Urian Kuppler
Magister Hämmerlein
Loch König
Winde Peter Sauschwanz
Schwanz, Kammerdiener
Hundsfutt

Thomas Stinckloch
Jungfrau Rabenas
Blackscheiser Poet
Schindluder
Saufaus
Vollzapf
Dr. Saft
Magister Sausack
Stinckwiz Kammeriuncker
Hosenscheiser / Pathen der Braut
Leckarsch / Pathen der Braut
Rauch Else
Sprizbüchse
Lapparsch Original
Dr. Bonefurz Fozzenhut

Monolog des Hanswurst

Mich däucht, das größt' bey einem Fest
Ist wenn man sich's wohl schmecken lässt.
Und ich hab keinen Appetit
Als ich nähm' gern Ursel auf 'n Boden mit,
Und auf'm Heu und auf'm Stroh
Jauchzten wir in dulci jubilo. (...)
Ich mögt gleich meine Pritsche schmieren
Und sie zur Tür hinaus formieren.
Denn was hab ich mit den Flegeln?
Sie mögen fressen und ich will ---

Lateinisch – Deutsch

Ungern benutzt man/frau beim Sex das Latein, wenn es darum geht, dem Partner etwas Aufregendes ins Ohr zu flüstern. Dem geneigten Leser sei deshalb hier ein kleiner Sprachführer an die Hand gegeben: zur sinnenfrohen Wortwahl für alle Lebens- und Liebeslagen.

Vagina

Aphrodite
Balalaika
Bimsrutsche
Blümchen
Bohrloch
Brötchen
Bumskerbe
Dattel
Distel
Dornröschen
Dose
Engpass
Etui
Feige
Fickritze
Fiedel
Freudenschale
Fundgrube
Geißblatt
Goldmine
Grotte
Harfe
Hildegard
Hohlweg
Honigtöpfchen
Kapuzinerblüte
Kartusche
Klemmring
Liebesmuschel
Lotusblume
Lustgarten
Lustspielhaus
Mäuschen
Mimi
Möse
Muffe
Mundharmonika
Muschi
Nudeltasche
Okarina
Pflaume
Pumpelmeise
Punze
Pussy
Rosamunde
Rosette
Schwanzklammer
Schwanzfutteral
Schwanzklemme
Spieldose
Spinett
Spundloch
Tändelschürze
Vogelhaus
Wundertüte
Zupfgeige
Zwetschge

Penis

Admiral
Ali Baba
Angelhaken
Apparat
Armatur
Ast
Bajonett
Ballermann
Bengel
Bimbam
Blockflöte
Blümchensucher
Bockshorn
Bohrhammer
Bruder
Brunzrüssel
Büchsenöffner
Dingsbums
Dödel
Donnerkeil
Echolot
Eichelmast
Eierschaukel
Einhandflöte
Elfter Finger
Fidibus
Flinte
Flöte
Flutschfinger
Fotzenhobel
Frauenlob
Freudenpfriem
Füllhorn
Funzeldocht
Galgenschwengel
Geigerzähler
Gemächte
Genusswurzel
Glockenschwengel
Glühwurm
Goldfinger,
Gurke
Hängemann
Handfeuerwaffe
Hanswurst
Hartmann
Haubitze
Hemdspreizer
Herkuleskeule
Hirtenflöte
Hochheimer
Hochspannungsmast
Hugo
Johannes
Kamerad
Kanone
Karl der Große
Karlemann
Kerze
Klöppel
Knüppel
Kolben
Ladestock
langer Heinrich
Langwellensender
Lanze
Liebstöckel
Lindwurm
Lollipop
Lümmel
Lustkolben
Lutschknochen
Mastbaum
Muskete
Nille
Onaniergurke
Opferstock
Patengeschenke
Petschaft
Pfannenputzer
Pfeife
Piephahn
Pillermann
Pimmel
Pinsel
Pisstole
Propfen
Prügel
Pumpenschwengel
Ramme
Riemen
Rohrflöte
Rote Rübe
Rubbler
Rute
Saftling
Sämann
Schaft
Schaumschläger
Schniedelwutz
Schraubstock
Schwanz
Spaßwürstchen
Spatz
Spund
Ständer
Steckling
Stehgreif
Stilett
Stöpsel
Stossstange
Taschenorgel
Türkensäbel
Wetzstein
Wunderhorn
Wünschelrute
Zapfhahn
Zauberflöte
Ziesemann
Zuchtrute
Zuzzel

Clitoris

Bimsstein
Blümchen
Damendegen
Dattelkern
Däumchen
Feigenwarze
Feuerdorn
Freudenknopf
Funzeldocht
Glitzerperle
Himmelsschlüssel
Hornisse
Hühnerzunge
Kitzler
Klit
Knallerbse
Knetbesen
Knopf
Kronjuwel
Liebesperle
Lustknopf
Lustzapfen
Lutschknubbel
Mäuschen
Pflaumenkern
Prinzessin
Putzi
Rotkäppchen
Saubohne
Schleifstein
Schneckennudel
Schusterwarze
Selbsttröster
Spitzharfe
Türklingel
Venusknospe
Wetzstein
Wichsknopf
Zauberkirsche
Zitternadel

Koitieren

abfüllen
anbohren
anbumsen
andocken
angeigen
anstechen
anturnen
aufbügeln
aufreiten
aufspießen
aufsteigen
ausraspeln
ausspritzen
begatten
begießen
beiwohnen
beschälen
beschlagen
bespringen
besteigen
bohren
bumsen
bürsten
datteln
decken
dengeln
drübersteigen
dübeln
durchputzen
eingliedern
einlochen
eintunken
ficken
fiedeln
flippern
flöten
flutschen
geigen
gerben
glitschen
harfen
haspeln
hobeln
hopsen
huren
juckeln
kegeln
keilen
klatschen
kurbeln
löten
lustfeilen
lustmolchen
maßnehmen
melken
nageln
Nummer schieben
orgeln
pendeln
pimpern
pflügen
plombieren
polieren
poppen
rammeln
raspeln
reinhängen
reiten
rumpeln
satteln
schaukeln
schnallen
schwänzeln
stechen
stöpseln
stoßen
tunneln
vögeln
wetzen
wippen
zuchteln

Koitus

Abendmusik
Akt
Aufhupfer
Bauchrutscher
Beischlaf
Betstunde
Diwanwalzer
Doppler
Duett
Eiertanz
Eintaucher
Fegefeuer
Fickus
Flipflop
Freistoß
Gevögel
Himmelfahrt
Hobler
Hopser
Injektion
Kaiserwalzer
Kammermusik
Lanzenstechen
Lustritt
Matratzengolf
Notturno
Nummer
Partie
Poppen
Quickie
Rammelnummer
Rutscher
Schieber
Schnallenritt
Schuss
Spritzer
Stich
Stippvisite
Tupfer
Vollzug

Cunnilingus

abfliegen
ablutschen
abschöpfen
abzischen
abzwitschern
am Brötchen knabbern
am Fleischtopf lecken
am Honigtopf schlecken
am Liebstöckl saugen
am Quell trinken
am Schlecker sein
an der Grotte saugen
an der Saftpresse nuckeln
aus dem Liebesbecher trinken
aus der Blüte Honig saugen
das Loch ausputzen
die Aprikose auslutschen
die Düse ausblasen
die Feige belutschen
die Fickspalte verwöhnen
die Zwetschge auslutschen
fotzenbürsten
fotzenhobeln
fotzenraspeln
futschlecken
Genitalkuss geben
grasen
Höhlenforschung
in die Muffe tauchen
Kelch leeren
Keller leerpumpen
kitzlern
lecken
Liebesnektar kosten
lullen
lutschen
Maulbeeren pflücken
Maultrommeln
Möse lecken
Mundharmonika spielen
mundhobeln
Mundpflege
Muschelschlabbern
nach Trüffeln schnüffeln
parisern
schlabbern
schlecken
Schnauzenakrobatik
Seezunge machen
Soße auflecken
spargeln
Sülze lecken
tauchen
tief in den Becher schauen
vom Liebesquell schöpfen
weiden
züngeln
zungenjobben
zuzzeln

Erektion

bocksteif sein
bolzengerade sein
Chromola (Chronische Morgenlatte)
den Hornfisch ausfahren
die Fahne aufziehen
den Langling zeigen
der Kamm schwillt
ein dickes Rohr haben
eine Latte haben
einen Dickmann haben
einen langen Heinrich haben
einen roten Riesen haben
einen stehen haben
einen Ständer haben
einen Steifen bekommen
einen Strammen haben
einen Wetzstein bekommen
ihm steht der Knochen
knallhart sein
Morgenlatte haben
seinen Mann stehen
steinhart sein
stramm sein

Fellatio

ablutschen
abnuggeln
abpfeifen
abkauen
abpusten
absamen
abzapfen
am Lecker sein
anzapfen
aufsaugen
blasen
den Hengst lutschen
den Hobel ausblasen
den Kelch leeren
den Rüssel ausblasen
die Pfeife anblasen
den Schlot ausputzen
einen abkauen
Flöte blasen
ins Horn stoßen
lecken
lullen
melken
Nille knabbern
Posaune blasen
pusten
Sackpfeife blasen
saugen schlecken
schlucken
suckeln
schwanzlutschen
trompeten
tuten
weiden
züngeln

Mons pubis

Bärchen
Bermudadreieck
Brunnenkresse
Brunstbusch
Bürste
Drahtverhau
Dreispitz
Dschungel
Feigenblatt
Flausch
Flohfänger
Fotzenhaar
Fuchsfell
Fummeldickicht
Gamsbart
Gigeritzen
Kätzchen
Kelchblätter
Liebesrasen
Lustgarten
Lustpelz
Mösenhecke
Muff
Muschibart
Muschimatratze
Pelz Punzen
Schmetterlingsflügel
Schrittfutter
Schwanzklemmen
Seegras
Spielwiese
Tändelschürze
Urwald
Venusdelta
Vlies
Vorgarten
Wolle
Zotten

Mammae

Äpfelchen
Apparat
Auslage
Ballons
Balkon
Balustrade
Birnchen
Blusenspanner
Bomben
Brötchen
Brüste
Brüstung
Buchteln
Dinger
Donnerbusen
Drüsen
eingeschenkter Pullover
Euter
Front
Früchte
Geschleuder
goldene Berge
Glocken
Hängetitten
Höcker
Holz vor der Hütte
Hügeldepot
Hügellandschaft
Hühnerlollos
Hupen
Igelschnäuzchen
Klementinen
Klößchen
Knödel
Knospen
Krapfen
Kugeln
Kurven
Kurven-Uebersoll
Lebensfrüchte
Liebesäpfel
Linsen
Lollos
Lustknospen
Melonen
Milchgeschäft
Milchtüten
Mirabellen
Molkerei
Möpse
Nuckelpulle
Oberlichter
Pampelmusen
Paradiesäpfel
Pfannkuchen
Protztitten
Pudding
Puffer
Rundungen
Scheinwerfer
Schläuche
Schwalben
schwere Lollos
Spaßtüten
Spitzberge
steiles Vorgebirge
süße Fülle
Superdüsen
Tastatur
Tatschbeutel
Titten
Töpfe
Trauben
Tutteln
Veranda
Vorbau
Wackelpudding
Wonneglocken
Zitronen
Zitzen

Testikel

Bällchen
Beutel
Billardkugeln
Brunzkugeln
Datteln
Dudelsack
Eier
Familienjuwelen
Flintenkugeln
Gehänge
Gepäck
Glocken
Glockenspiel
Golfbälle
Hoden
Hühnerobst
Kanonenkugeln
Kegelkugeln
Klöten
Kronjuwelen
Kugellager
Lustsaftspeicher
Lutschkugeln
Liebsäpfel
Marbeln
Murmeln
Nüsse
Ostergrüsse
Patengeschenke
Pfeffernüsse
Sack
Samendatteln
Samenkapseln
Schatzsäckel
Schellen
Taschenbillard
Tomaten
Vorsteherdrüsen
Wichstaschen
Zwiebeln

Masturbation (Männer)

abgeilen
abfingern
abhampeln
abschleimen
abwedeln
abzischen
allein unterhalten
ausplempern
Bimbam läuten
befingern
das Vordergeschirr polieren
den Delphin würgen
den Papst ärgern
die Kuh melken
die Palme polieren
Dudelsack spielen
Glocken läuten
handorgeln
melken
minigolfen
ochsen
orgeln
Pfeife ausklopfen
runterholen
Sackpfeife spielen
Saft pressen
Sahne schlagen
Schalmei spielen
schleudern
schrubben
Solo spielen
Stange halten
selbst zünden
Taschenbillard spielen
wichsen
Zapfen polieren

Masturbation (Frauen)

abgeilen
abfingern
auf dem Griffbrett klimpern
Balalaika spielen
befummeln
das Loch massieren
Drehorgel spielen
fiedeln
Fingerbad
fingern
handarbeiten
handorgeln
Harfe spielen
in sich gehen
klimpern
knöpfeln
Konzertina spielen
krabbeln
kraulen
Laute zupfen
Leierkasten polieren
leiern
Mandoline spielen
Maus melken
Punze striegeln
Quetschkommode spielen
ribbeln
Rillenmassage
Ritzenpflege
Rührtrommel spielen
Scharte auswetzen
Spieldose drehen
Trommel rühren
zupfgeigen

Sperma

Achsenfett
Ambrosia
Apfelgelee
Aspik
Bananensaft
Begeisterungssaft
Beize
Beutelspucke
Bibber
Brause
Bullenmilch
Creme
Eierlikör
Eierschaum
Fluss
Ficksahne
Gallert
Getriebeöl
Gleitwachs
Glibber
Götterspeise
Grundwasser
Gurkensaft
Honig
Kaviar
Kielwasser
Kinderbier
Ladung
Lebenssaft
Leckerbissen
Leistensaft
Liebesmilch
Lustlotion
Magermilch
Männerjoghurt
Manneskraft
Mark
Matratzensaft
Motschka
Mumm

Munition
Natur
Nektar
Nussmilch
Perlen
Pfeifensaft
Pulver
Quabbel
Rahm
Sacksuppe
Saft
Schaum
Schlamm
Schleuderhonig
Schlottermilch
Schmieröl
Spargelsuppe
Sprudel
Stockmilch
Sülze
Tunke
türkischer Honig
Vatermilch
Wichse
Wonnekleister

Orgasmieren

abdrücken
Abgang feiern
abgehen
abrotzen
absamen
abschießen
abspritzen
besamen
decken
den Gipfel stürmen
den kleinen Tod sterben
einspritzen
durchstarten
einen ablassen
entsaften
explodieren
fertigwerden
fliegen
füllen
gipfeln
in die Muschel spucken
ins Nirvana fallen
klingeln
kommen
landen
losspritzen
moussieren
schäumen
schmelzen
schweben
sich ganz hingeben
sich verlieren
Sterne sehen
überkochen
überlaufen
verfließen
verglühen
vollspritzen
wellenreiten
zerfließen
zucken
zum Höhepunkt kommen
zum Sternenflug starten